共和国故事

滦水清清
——引滦入津工程胜利竣工

张学亮 编写

吉林出版集团股份有限公司

图书在版编目（CIP）数据

滦水清清：引滦入津工程胜利竣工/张学亮编. —
长春：吉林出版集团股份有限公司，2009.12
（共和国故事）
ISBN 978-7-5463-1793-9

Ⅰ．①滦… Ⅱ．①张… Ⅲ．①纪实文学-中国-当代 Ⅳ．①I25

中国版本图书馆CIP数据核字（2009）第236772号

滦水清清——引滦入津工程胜利竣工
LUANSHUI QINGQING　YIN LUAN RU JIN GONGCHENG SHENGLI JUNGONG

编写　张学亮

责任编辑　祖航　黄群

出版发行　吉林出版集团股份有限公司

印刷　三河市嵩川印刷有限公司

版次　2010年1月第1版	2022年1月第8次印刷
开本　710mm×1000mm　1/16	印张　8　字数　69千
书号　ISBN 978-7-5463-1793-9	定价　29.80元

社址　吉林省长春市福祉大路5788号

电话　0431-81629968

电子邮箱　tuzi8818@126.com

版权所有　翻印必究

如有印装质量问题，请寄本社退换

前　言

自 1949 年 10 月 1 日中华人民共和国成立至今，新中国已走过了 60 年的风雨历程。历史是一面镜子，我们可以从多视角、多侧面对其进行解读。然而有一点是可以肯定的，那就是，半个多世纪以来，在中国共产党的领导下，中国的政治、经济、军事、外交、文化、教育、科技、社会、民生等领域，都发生了深刻的变化，中国人民站起来了，中华民族已屹立于世界民族之林。

60 年是短暂的，但这 60 年带给中国的却是极不平凡的。60 年的神州大地经历了沧桑巨变。从开国大典到 60 年国庆盛典，从经济战线上的三大战役到经济总量居世界第三位，从对农业、手工业、资本主义工商业的三大改造到社会主义市场经济体制的基本确立，从宜将剩勇追穷寇到建立了强大的国防军，从废除一切不平等条约到独立自主的和平外交政策，从"双百"方针到体制改革后的文化事业欣欣向荣，从扫除文盲到实施科教兴国战略建设新型国家，从翻身解放到实现小康社会，凡此种种，中国人民在每个领域无不留下发展的足迹，写就不朽的诗篇。

60 年的时间在历史的长河中可谓沧海一粟。其间究竟发生了些什么，怎样发生的，过程怎样，结果如何，却非人人都清楚知道的。对此，亲身经历者或可鲜活如昨，但对后来者来说却可能只是一个概念，对某段历史的记忆影像或不存在，或是模糊的。基于此，为了让年轻人，特别是青少年永远铭记共和国这段不朽的历史，我们推出了这套《共和国故事》。

《共和国故事》虽为故事，但却与戏说无关，我们不过是想借助通俗、富于感染力的文字记录这段历史。在丛书的谋篇布局上，我们尽量选取各个时代具有代表性或深具普遍意义的若干事件加以叙述，使其能反映共和国发展的全景和脉络。为了使题目的设置不至于因大而空，我们着眼于每一重大历史事件的缘起、过程、结局、时间、地点、人物等，抓住点滴和些许小事，力求通透。

历史是复杂的，事态的发展因素也是多方面的。由于叙述者的视角、文化构成不同，对事件的认知或有不足，但这不会影响我们对整个历史事件的判断和思考，至于它能否清晰地表达出我们编辑这套书的本意，那只能交给读者去评判了。

这套丛书可谓是一部书写红色记忆的读物，它对于了解共和国的历史、中国共产党的英明领导和中国人民的伟大实践都是不可或缺的。同时，这套丛书又是一套普及性读物，既针对重点阅读人群，也适宜在全民中推广。相信它必将在我国开展的全民阅读活动中发挥大的作用，成为装备中小学图书馆、农家书屋、社区书屋、机关及企事业单位职工图书室、连队图书室等的重点选择对象。

编　者

2010年1月

目录

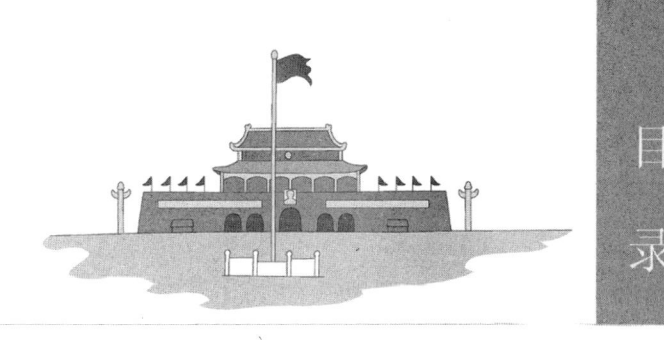

一、决策与规划

中央决定引滦入津/002

万里亲临天津指挥/006

李瑞环担任总指挥/009

部队参加引滦入津工程/012

钱正英视察天津驻军/015

二、施工与建设

修建三屯营引水隧洞/020

在将军帽山艰苦施工/032

驻津部队参加工程施工/038

整治黎河河道/043

明挖横河埋管工程/046

清理海河于桥水库/054

开挖引深工程引水洞/056

修建分水枢纽工程/063

三、保障与供应

识图员严把材料质量关/074

南团汀人为工程实施搬迁/080

目录

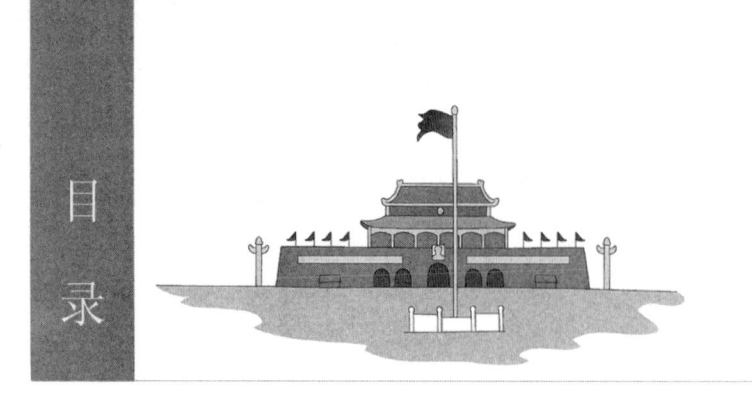

　　炊事班长奋战在工地上/089

　　外科护士到工地行医/096

四、贯通与供水

　　整个工程全线贯通/104

　　军委表彰参战部队/107

　　邓小平为纪念碑题词/110

一、决策与规划

● 党中央和国务院作出重大决策：一面继续"引黄济津"，以解燃眉之急，一面从根本上根治天津的缺水状况，引滦河水南来，为子孙后代造福。

● 万里表示：关于解决天津用水问题，我们差不多研究了20多年，提了许多方案，最后才下决心，从滦河调水。这是一条最好的出路。

● 李瑞环表示：任务交给天津，保证在1984年完成工程建设任务。不能按期通水，领导人辞职下台。

中央决定引滦入津

1981年8月，中共中央、国务院决定，实施引滦入津工程，把滦河水引到天津。

天津市地处太平洋西岸，位于沃野千里的华北平原东北部。东邻波涛万顷的渤海，北倚绵延起伏的燕山，西北拱卫着首都北京，如果以两市中心点计算，相距只有100多公里。

天津是世界第十五大都市，南北约长190公里，东西约宽100公里，周界长约900公里，其中海岸线长约150公里，中国第六大河海河在市中心逶迤而过。

打开中国地图就会看到，中国的形状就像是一只迎着东方日出引吭高歌的"雄鸡"。在"雄鸡"的胸前，渤海就像是项链上的一块蓝宝石。

就在这濒临渤海，毗邻首都北京，周围被河北省环抱的地区附近，便可以找到天津。用一只粗粗的笔，在地图上把天津市的轮廓描上一圈，那么，一只"小恐龙"就会栩栩如生地站在你的面前，憨态可掬。

天津是我国的大型工业城市，东临渤海，西靠海河，南有独流河，北有永定河、大清河、子牙河、南北运河，素有"九河下梢"之称。

单从地理位置上看，天津不应该是一座缺水的城市。

天津虽然濒临渤海，但却不是海洋性气候。因为渤海是个面积不大的内海，所以，海洋对天津的气候影响较弱，而冬季风的影响却较强。

20世纪60年代以来，天津由于经济迅速发展，工业高速进步，人口剧增，用水量急剧加大。而主水源海河上游由于修水库、灌溉农田等原因使流到天津的水量大幅度减少，造成天津供水严重不足。

20世纪60年代后期，由于华北地区连续干旱，水的问题第一次提到了京、津两市日常生活和工业生产的议程上来。天津曾从北京密云水库调水。

为了保障首都北京用水，中央作出决定：

停止官厅、密云两大水库再向天津供水，天津缺水问题另辟其他途径来解决。

天津面临水源断绝的境地，工业生产不得不一度靠提取地下水维持生产，苦涩的咸水也成了维系人民生活的资源最困难的时候，天津人民甚至曾经喝过国家禁止饮用的"回用水"。

由于大量缺水，这座工业重镇生产出现了萧条迹象，准备分批停产，甚至紧急疏散人口。

20世纪70年代以来，党中央、国务院五次决定"引黄济津"，每年从黄河引进3亿立方水。

但是，这仍然远远满足不了天津用水的需要。

1981年8月，全市存水量只能在日用量最低水平上维持一个月，几千家工厂面临着缺水而停产。

中央考虑到，如果这些工厂停产，一年就将造成直接经济损失200多亿元，同时还会间接给23个省市造成130亿元的损失。

党中央知道，滦河发源于张家口地区的巴颜吐骨尔，水质优良，在距天津300公里外的河北省迁西和遵化地区，年流量达40亿立方米。

为了从根本上解决天津严重缺水的状况，党中央和国务院作出重大决策：

> 一面继续"引黄济津"，以解燃眉之急，一面从根本上根治天津的缺水状况，引滦河水南来，为子孙后代造福。

1981年9月，一份来自天津的呈批件，摊开在中南海党中央总书记胡耀邦那宽大而明亮的写字台上：

耀邦、万里同志：

天津市供水问题，已经成为影响全市经济发展、人民生活和社会安定的突出问题。

……

在今年8月国务院召开的京津用水紧急会

议上，又决定把引滦工程列入明年国家重点项目，这是使天津用水由被动转为主动的战略性决策。

……

我们向党中央、国务院建议，将引滦工程任务下达给天津市委，由天津市委对这项工程的勘测、设计、施工等全权负责。并要求国家计委将此项工程作为专项，列入天津市计划。

中共天津市委
天津市人民政府
1981 年 9 月 4 日

胡耀邦提起笔来，用遒劲的字体，在文件的天头写下：

我同意万里同志一抓到底，决不可误事。

胡耀邦
9 月 6 日

万里亲临天津指挥

1981年，为了保障引滦入津工程按期完成，党中央、国务院委托时任国务院副总理的万里亲临天津，坐镇指挥。

1981年5月，万里来到天津，就引滦工程明确表示：

潘家口水库，主要是保天津，其次是保唐山。关于解决天津用水问题，我们差不多研究了20多年，提了许多方案，最后才下决心，从滦河调水。这是一条最好的出路。

当时有天津人说："海河水又苦又咸，都喝不了。沏完茶叶以后，它也有那异味。有的单位就在郊区打地下井。我们上班就带着小塑料桶。天天从单位往家带一塑料桶水，用它沏茶，做饭。"

当时，每到下班的时候，从郊区工厂到市区之间的道路上，都可以看到驮着水桶的自行车大军。

20世纪70年代末，天津流行一句顺口溜叫天津三大怪：

汽车没有走的快，自来水能腌咸菜，恒大

烟见抽不见卖。

这其中第二怪就是说当时天津的水又咸又苦。

而且，就是这种咸水、苦水，在当时供应起来也有些捉襟见肘。

70年代以来，天津市多次发生缺水危机，人均水资源全国最低，严重的缺水问题已经影响到工农业生产，水成为制约天津生存与发展最重要的因素。国家几次耗费巨资由黄河临时引水入天津，虽然能解燃眉之急，但终究不是长久之计。

天津市水利局副局长、总工程师，引滦工程设计指挥部的副总指挥张永平说："能够实行引滦入津工程，完全是改革开放的功劳。"

当时，万里是主管基建的副总理，天津市常委、副市长、共青团中央书记处书记李瑞环关于引滦入津工程由走南线改为走北线的问题来请教他。

李瑞环急切地说："再这样下去，天津只能疏散人口了。"

万里说："别着急，我去给你们协调协调吧。"

1981年5月，万里来到天津，召开华北地区水利工作会议。他这一出面，各有关部门就顺利得多了，很快就统一了认识：

引滦入津工程一定要早上。

6月，按照万里的指示，天津市组织有关人员进入现场，开展了勘测、设计工作。经专家反复论证，市政府向国务院推荐了北线方案。

8月，国务院批准引滦入津工程按北线方案实施，并将工程建设任务下达给天津负责。引滦入津这一为民造福的战略决策敲定了。

9月，中央决定由万里全权处理引滦入津工程中的相关事宜。这样，就很快决定了把引滦入津列入国家重点工程项目之中，并立即进入实施。

由于当时已经到了1981年9月，引滦入津就只能制订成1982年的计划。

李瑞环担任总指挥

1981年8月,党中央、国务院作出"引滦入津"工程决定后,把这项任务交给了天津市,由天津市常委、副市长、共青团中央书记处书记李瑞环出任工程总指挥。

李瑞环接受任务之后,组织一班人马精心研究,科学预测。

其实早在20世纪70年代末,国家有关部门就已经酝酿引滦入津工程了。原来中央有过规划,引滦工程上游的工程在1974年就已经开工了,到70年代末期,上游的潘家口、大黑汀两座水库就已经建成了。

但是要想把滦河水引到天津,后面的工程更艰巨。

在20世纪70年代末,天津的供水量每天需要180万立方米。进入20世纪80年代,由于北方连续干旱,天津用水日趋紧张,用水量压缩到每天100万立方米,后来又压缩到80万立方米左右。

所以,当时天津第一发电厂都面临停产,其他的一些生产轻工产品的工厂,以及其他用水大户的厂也面临停产的危险。

李瑞环和大家通过设计发现,"引滦入津"需要把滦河上游的潘家口和大黑汀两座水库的水引进天津市。

但是,这就必须穿过燕山,经黎河、洲河、蓟运河,跨越潮白新河、永定新河等才能输入天津。

按照原先的规划，引滦入津要走南线，而且按照工期，要到1985年才能完工。

虽然天津等不起，但是这是国家规划，并不是地方能够随意更改的。当时还是天津市副市长的李瑞环带领引滦工程筹备组可是下了不少的工夫。

李瑞环刚到天津当副市长，一看这种情况，就积极组织力量，呼吁提前实施引滦。

1981年过了春节，便成立了筹备组，根据市委制订的方案，对引滦工程要求提前，另外，当时提出了北线方案。

北线和南线方案最大的区别就是北线可以保证水量和水质。北线方案是从迁西县大开岭水库引过来，然后到于桥水库，然后再设专用水道进天津。这样一来，都在天津境内，管理比较方便。而南线90%都在河北省境内，都是在唐山工业城市的下游。于是就确立方案，一是力争中央提前立项，二是改走北线。

李瑞环直接找到了中央。

后来做了半年的筹备工作，打了报告，很久都没有消息。把市里急得没办法了，李瑞环就出面找到主管基建的副总理万里，请求万里与中央进行协调。

李瑞环代表市委、市政府向中央立下了军令状：

任务交给天津，保证在1984年完成工程建设任务。不能按期通水，领导人辞职下台。

中央全权让万里负责后，万里最后批准让天津市自行决定施工设计，于是天津就决定了走北线。

大家经过预测统计，引水渠道长234公里，中间还要在滦河和蓟运河的分水岭处开凿一条12公里长的穿山隧洞，需治理河道100多公里，开挖64公里的专用水渠，修建尔王庄水库，全部工程需要开凿出岩石达140万立方米。

引滦入津工程包括隧洞、泵站、明渠、桥闸等工程共113项。

部队参加引滦入津工程

1981年底,中央军委下达批示:

调中国人民解放军铁道兵八九二〇八部队和驻军五二八五九部队,参战1982年的引滦入津工程。

中央军委的批示下达后,铁道兵党委表示全力支持天津市的请调意见,积极为这项工程出谋献策,并专门召开会议,做到要人给人,要物给物,保证这项工程建设的顺利进行。

铁道兵政委吕正操来到铁道兵第八师,向部队动员鼓励,他说:

一是要尊重天津市的领导;二是一定要把这项工程干好;三是有困难找兵部。

从战争年代到和平建设时期,每每遇到困难,部队都是承担艰巨任务的首选。

铁道兵第八师1976年曾经在天津参加抗震救灾,营救遇难群众,修建临时住房,并抢修了天津碱厂和盐场,这给天津人民留下了深刻印象。

而且当时李瑞环特别想到，铁道兵这些年来逢山开路，遇水架桥，几十年都是与隧洞河流战斗。所以，在天津引水遇到困难的关头，李瑞环马上电函中央军委和铁道兵党委，请调铁道兵第八师承担攻克引水隧洞工程任务。

1982年1月15日，铁八师正式接到引滦入津施工的命令。

由于当时兵力不够，兵部增调第十五师第五十二团配属施工。

当时，第八师机关驻内蒙古科尔沁草原，部队不仅远离天津，而且分散在内蒙古、吉林、河北、江西、北京、天津四省区两市。

为了迅速集结部队开赴天津，师党委作出决定：

> 派副师长汲乃英和副总工程师张学施同志南下天津接受任务，考察工地，尽快为先遣部队进驻做好施工组织准备。
>
> 师团领导分赴4省区两市对部队进行任务动员，充分发挥我军思想政治工作的优势，下发"引滦入津，为民造福"的教育提纲，大造宣传舆论，从师到团、从团到营连层层动员教育，使全体官兵深刻认识引滦入津的重大意义。

第四十团团长解少文、政委孔庆云行程400公里，走遍了该团分散在通辽—霍林河铁道沿线的140多个工点，做深入细致的思想发动工作。

按计划，引滦工程施工定在5月份。但是就在1982年春节过后的3月1日，部队就已经分三路向天津进发，部队一路从风雪漫天的内蒙古草原进入河北省迁西境内的景忠山。

同时，部队先后装卸了120多节车皮的物资和2000多辆解放牌敞篷车，将5400多吨的机械设备、物资器材安全运抵施工第一线，并立即开始了引水隧洞的前期施工。

大家一路从千里冰封的长白山进入山海关，一路翻山越岭，走过泥泞的崎岖小路，从鄱阳湖畔向迁西挺进。

一路上大家唱起了《铁道兵战士志在四方》的歌：

> 背上了那个行装，扛起那个枪，雄壮的队伍浩浩荡荡，同志呀，你要问我们哪里去呀，我们要到祖国最需要的地方……

钱正英视察天津驻军

1982年春节刚过，水电部长钱正英就来到天津，视察天津市驻军某师。

这天，钱正英坐在天津宾馆的一张沙发上，她透过眼镜打量着对面一位鬓发斑白的军人，他就是驻津某部的副军长。

这位副军长中等身材，面庞消瘦，唯一引人注目的是，他的右手上缠着一条白色的手帕，食指、中指、无名指僵硬地弯曲着。

原来，当年攻打太原城的时候，副军长还是营长，他指挥全营发起攻城的时候，被敌人的两颗子弹打穿了右手掌。

当钱正英会见副军长时并不知道，这时在副军长的身上还有当年的7处战伤，他的肺腔里和左腿上还嵌着几块弹片。

这时，这个军要派出一个加强野战师和铁道兵第八师一起，去打通中国水利史上最长的一条隧洞，那是引滦入津工程的关键所在。

钱正英问副军长："你搞过工程没有？"

副军长回答："大的没搞过，小的搞过不少。"

钱正英问："你们有什么机械？"

副军长说:"我们是野战军,有点装备机械,也可以向军区要一点,买一点,实在没有机械,我们拿钢钎凿也要完成任务。"

钱正英接着问道:"国务院计划三年,你们提前到两年,能完成吗?"

副军长坚决地回答道:"我们有信心完成!"

钱正英加强了语气说:"如果真的能在两年内完成了,那就是在中国水利建设史上创造了奇迹。"

副军长从容地说:"奇迹都是人创造的。"

钱正英高兴地说:"好吧,让军队来干我们很放心。如果你们两年能完成了,我给你们来祝贺。"

说到这里,钱正英拿起茶杯喝了一小口,她发觉,这么好的茶也因为这苦涩的海河水而变了味道。

钱正英当时想的是:这支野战军,能揽得了这"瓷器活"吗?

其实钱正英并不知道,在副军长来天津宾馆开会之前,早就已经和副师长左尔文登上了 200 公里外的燕山,左尔文扛着一棵砍倒的野山枣树,他们一边在未来的战线上勘测,一边还嚼着野枣,偶尔还哼两句河北梆子。

师党委全委会整整开了两天一夜。

军长阎同茂坐在会议室的中央,他一口口地呷着茶。他年前就向军党委进行了汇报,亲自提笔给人民解放军北京军区首长写了一封请战书:

……我军从抗美援朝回国后，即驻天津，想为天津人民办点亟待解决的好事，这对贯彻六中全会精神，改善军政、军民关系和加强团结是大有好处的……

军区党委很快就同意了他们的请求，人民解放军北京军区司令员秦基伟曾专程来天津给他们鼓劲：

……要争光，为你们军争光，为你们师，还有为人民解放军北京军区争光。我们军区表示，一定要大力支持完成这个任务。这是雪中送炭啊！天津的水太难吃了，好茶一泡也没味道了。你们把天津人民的吃水问题解决了，全市人民子子孙孙都要感激你们的。

全委会上，指挥员开始从政治和经济角度来看待水的问题。从抗美援朝归国后，他们就和天津人民鱼水相依，大家把千言万语化为了14个字：

引滦入津，造福人民，为四化作贡献。

师长谢荣征开完师党委全委会后，侧过脸看了看已经西斜的太阳，对司机说了声："唐山。"

司机知道谢荣征要回家，就马上驱车穿过繁华的天津市区，奔上了市郊的公路。

回到家，谢荣征就对妻子说："老孙哪，把我的棉衣找出来吧，明天我要去工地！"

妻子说："不是中旬才走吗？"她早就知道了部队要参加引滦入津施工的消息。

谢荣征笑着说："明天 11 号，不是中旬吗？"

谢荣征匆匆地吃过晚饭，拿起妻子为他准备的冬装，塞进吉普车就准备走了。

妻子想嘱咐谢荣征点什么，因为他毕竟不是当年的小伙子了，要去冰封雪飘的燕山里钻山洞，能吃得消吗？但她也知道，再说什么都是多余的，谢荣征从当营长、团长到当师长，由基层干部到高级干部，没有改变一点。10 多年了，他都是一床军被随身带，常年和部队住在一起，很少和家人一起过个团圆年。

这次，谢荣征在晚霞中从车门里探出头来，向妻子告别说："元旦、春节我都不回来了，你和孩子们过好节啊……"

二、施工与建设

● 万里说："不简单，这么短的时间完成这么大工程，真不简单。"

● 王小京说："请首长放心，保证今年超额完成42%，否则，撤我的职！"

修建三屯营引水隧洞

1982年1月,铁道兵第八师开到了滦河水系与海河水系的分水岭,承担引滦入津工程9690米长的引水隧洞其中7210米的挖掘任务。

铁八师在30年来,走遍了大半个中国。今天,他们来到天津,大家看上去很高兴。他们四顾茫茫的雪野,只看到了拔地而起的景忠山像一座屏风挡住了纷纷扬扬的雪花。大家看到,山那边还有人家,有两缕炊烟贴在白皑皑的山坡上。

大家高兴地说:"这就足够了,比起内蒙古科尔沁草原,已经是天壤之别了,这里离北京只有180多公里,离天津200来公里,离唐山80多公里,是京、津、唐的中心哩!"

还有懂些历史的人说:"400年前,明朝大将戚继光镇守蓟州、卫戍京师的时候,就把他的大本营放在这里,所以这里叫'三屯营'。"

年轻的战士们扒开积雪,大声吆喝着架起帐篷,还有人正在爬景忠山。

副师长汲乃英喊道:"莫跑,莫跑,赶快安家快开工!要抓紧,再抓紧,这个任务可是了不得!"

大家都说:"放心吧首长,不就是个山洞吗,对咱们老铁那是小菜一碟。"

汲乃英说:"别吹牛!你别小看它,咱可是立了军令状的啊!"

原来,去年中央下决心引滦入津时,铁道兵早年曾在天津参加过抗震救灾,汲乃英刚开始时也想:"不就是个山洞吗?"

可是当汲乃英带领考察组到现场一看,他不由得抽了一口冷气:"好家伙,什么引水洞,实际比铁路的隧道还大呢,长度也超过国内任何引水隧洞。"

汲乃英看到,山洞本身长达10公里,连同穿过横河与黎河的管洞共长13公里,相当于北京的一条地下铁道哩!

当汲乃英听说工期要求两年完成时,他连连摇头说:"不行,不行,按目前国际国内隧道施工水平,这么大的长洞子至少得5年,两年根本不行!"

工程指挥部一位领导说:"行,铁道兵行!你们修过成昆线,打过无数山洞,有经验,大家信得过你们。"

这位领导看到汲乃英还在犹豫,就又说:"7天后举行引滦隧洞施工方案审议会,请你带上方案参加……请你们务必考虑周密些,特别是在工期上,可能其他单位也准备了自己的方案。"

这位领导走后,汲乃英对副总工程师张学施说:"呵,看来还要搞竞赛哪!可能是在考状元吧?"

张学施说:"我们讲实际,友谊归友谊,经济归经济,到最后还是要择优录取。"

汲乃英准备应战了,他下令考察组7天内不许外出,全体关在旅馆里准备答卷。

大家足不出户,如期突击出来了整套施工方案,包括施工组织、兵力配备、工期、预算、物资、机械等,都一一列出了清单,并画出图纸。

等张学施在会议上汇报完他们的方案时,全场一时鸦雀无声。

主持人问:"各位对铁道兵的方案有何意见?"

大家都报以热烈的掌声。

汲乃英回到部队就对大家说:"咱们既然向天津保证了,就要说到做到,这关系到解放军的声誉,也关系到引滦工程全局。天津700多万人民在盼着滦河水啊!"

现在,汲乃英提前赶到工地,他指挥部队进场、安家、选点,一个小时一个小时地计算工程时间表。

汲乃英看到七连连长带着战士们泡在泥潭里刨冰、铲雪、挖地沟,有道是"三九四九,冻死老狗",这时正是数九严冬啊!

汲乃英看到战士们一身泥土,一身冰碴,一个个都被冻得脸通红,大家的手也让冰碴子划开了道道血口。汲乃英眼圈不由得红了,泪珠在眼眶里直打转……

到春节的时候,拉沟挖开了,压风站也建起来了,12口斜井陆续打到正洞了。

汲乃英站在高高的景忠山上往下看:北起长城,南到西铺，在一条10多公里长的狭窄地带上，营帐相连，旌旗飘舞，炮声隆隆。

但这时，汲乃英却与副科长发生了争吵，原因是副科长说他们就要脱下军装变成老百姓了。

山下卷起一溜烟尘，开来了一辆北京吉普，师长刘敏从车上走下来，他是刚从内蒙古霍林河畔来到引滦工地指挥所的。

汲乃英赶紧走上前去："师长，你来得正好！你瞧他胡说什么，他说咱们要脱军服，要成老百姓哩！"

刘敏看着副科长说："你听谁说的？"

副科长说："我听北京的战友说的，我刚从北京开会回来，那里党政军机关正在精简机构，改革体制……据说铁道兵弄不好要离开军队序列，编到地方去。"

刘敏说："军队的精简和改革看来势在必行，也有可能改到咱们头上，要有这个准备，牺牲小我，服从大局。"

汲乃英听到这里，两行热泪忍不住夺眶而出。刘敏捅捅他说："哎，注意点，那边有部队。"

这个消息一时间在队伍中传开，弄得人心不稳，工程进度也在不断下降。

汲乃英急了："不行，得赶紧抓！"师里赶紧召开党委会，会上大家情绪都很低落。

这时，外面炮声和喇叭声却破窗而入，是河那边的步兵师在挑灯夜战，广播里还有一个女声在呐喊助威：

"同志们，向前进，再接再厉，开创引滦工程新局面！打出解放军的军威……"

有人说："瞧人家多么气派，多么威风。"

还有人说："他怎么早不赛，晚不赛，偏偏赶在这时候来竞赛啊！"

刘敏说："是啊，不是时候。大家是不是让我们报告总指挥，咱们师自甘服输，请求免战了？"

正在这时，值班参谋进来报告说："总指挥已经到了工地，明天在现场召开工程会议，请刘师长、汲副师长准时参加。"

李瑞环虽然没有带过兵，但却办事果断，雷厉风行，颇有军人作风。他熟悉基本建设规律，领导内行。

早在指挥部第一次会议上，李瑞环要求机器及早运来，可主管的副局长说："不行啊！这个我说了不算，我负不起这个责任……"

李瑞环当即脸一沉说："那好，你请回，换一位能负责的局长来。"

……

刘敏和汲乃英进入会场后，他们跟谁也不打招呼，找了个角落就坐下了，想离李瑞环远一些。

可李瑞环早就发现了，他说："哎，老刘、老汲，你们坐近点，看来你们气色可不大好啊！"

汲乃英说："嗯，是有点不大来劲。"

李瑞环开玩笑说："是吗？这好办，回头给你们来一服'兴奋剂'。"

接着，会议上副总指挥提出要提前一年完工。大家都议论纷纷。

汲乃英说："现在任务已经够重了，我满打满算，到1984年通水还差着一大截呢！"

水泵站主任也说："我们那儿也够呛。"

水库领导质问："干嘛搞得这么紧张啊？"

还有人说："光图快也不行，要讲效益。"

……

李瑞环一下子站了起来："当然要讲效益。在引滦工程上，时间就是效益，提前引滦入津就是提高经济效益。"

李瑞环接着讲了水对天津的重要，水能创造多大的价值。

大家的情绪也被调动起来了："我们水库一定努力，争取明年十一送水！""我们电站一定跟上，力争明年十一以前完工。""我们明渠决不落后，保证今冬明春挖通。""我们步兵打隧洞是新兵，但为了引滦全局，我们有决心向铁道兵老大哥学习，全力以赴，保证我师管区明年十一以前洞成水通，决不挡道！"……

副总指挥大声说："好！现在就看铁道兵了，刘师长，你们是主角，该摊牌了。"

李瑞环却说："不要逼他，咱们刘师长心里有数，只是不说，大家以后等他的捷报吧！现在散会。"

散会后，李瑞环让刘敏和汲乃英说说心里的想法。

汲乃英说："我们这支部队不像野战军，是一年到头到处转的游击队，部队分布在三省二市，如果改编了，都没个落脚的地……"

李瑞环接着说："抬起头来，我虽然没带过兵，但我知道，部队打仗靠一股士气。尤其现在，要振作精神，坚信党中央，坚决执行中央调整改革的方针，在前进中改革，在改革中前进！"

刘敏回答说："这没问题，我们铁道兵有这个传统，只要是中央决定，不讲二话，坚决执行。"

刘敏和汲乃英回到部队后，连夜召开师党委紧急会议，从师到团、连，大家一致表示：眼前别无退路，只有背水一战。

团长解少文把几千人集合在山坡上，召开了动员大会，他大声说："现在咱们还是军队，就要有军队的作风，军队的气派，为了四化，为了天津，也为了写好铁道兵历史的最后一页，快拿出老铁的劲头来，使劲打，打倒困难，打通隧洞，打出军威！"

解少文接着说："七连长，你挺起胸来，咱七连是有点小名气的，打通驿马岭，铁道兵授予'逢开路先锋连'称号；唐山抗震救灾，军委授予'唐山抗震抢修先锋连'称号；这回到了引滦工程，你要给我拿一个'引滦入津先锋连'的称号来，有没有这个决心啊！"

全连一齐站起来，大声吼道："有！"

在地下隧洞中，大家又进入了紧张的施工当中，一时间，风枪开动，马达齐鸣，立刻山摇地动，石头飞，形成一场紧张的400米接力赛。

解少文多少年都是在山洞里度过的。他高烧39度，医生叫他休息，他却跑到了隧洞里"休息"。

师政委张景喜和团政委孔庆云也蹲在隧洞里，他们年纪虽然大了，但甘愿当个小工来推车。

不过推小车也不轻，他们忙得来回不停地跑。孔庆云对张景喜说："少推两车吧，您有高血压。"张景喜笑笑说："没事，这是降压灵。"

刘敏和汲乃英也来到施工隧洞里。刘敏一把拽住汲乃英说："小心你的腰。"他知道汲乃英在成昆线上叫石头砸坏过腰脊骨，落了个二等残废。

但汲乃英却不服，他也来当小工，还对刘敏笑着说："活动活动，腰板硬。"

有一天，技术股长对解少文说："现在隧道施工技术已经有了新的发展，不少单位都在推广大断面开挖呢！"

解少文说："知道，那玩意儿不及小导坑快。"

刘敏听说后就笑了："我就知道解少文舍不得他那一套。"

参谋长说："我看这得您亲自下命令。"

刘敏说："不，我说他也不一定服，还是派一名总工程师出马吧！"

刘敏对3位总工程师中的景春阳说："老景，我看还是你去吧！你去帮解少文先行一步。"

景春阳说："我？不行，我哪能镇住那只虎。"

刘敏鼓励说："别怕，你在前面，我做后台。"

另一位总工程师王成也鼓励景春阳说："我们也想办法配合你。"

后来，景春阳说服了解少文，他们大力推广隧道施工新技术，不仅实行大断面，还有光面爆破、喷锚支护、非电起爆、乳化油炸药、混凝土输送泵、风压机自动控制等许多隧道施工的先进技术。

大家借助现代科学技术，创造了连续3个月每口井百余米掘进的优异成绩，3个月拿下了隧洞1000米。

有一天，景春阳和刘敏在12号井，刚一口气奔下517级石阶，来到大山深处，却突然听到"轰"的一声从掌子面传过来。

景春阳大喊："不好，又塌方啦！"

刘敏和景春阳是刚从9号井跑出来又进入12号井的，他们实在是累得跑不动了，这三个井一上一下两千级石阶，相当于5座18层高的北京饭店。

来到险情处，刘敏大喊一声："危险，命令部队赶快往外撤！"

景春阳上前传话说："快，师长叫你们赶快撤下来。"

大家纷纷撤离危险区，三营长陈正金却把最后的两名风枪手拦住了："站住！"

两个战士正要问陈正金干什么，却听陈正金大喝一声:"还愣什么啊,快跟我上!"说着,陈正金就先抱起一根短轨上去顶住拱架。

刘敏和景春阳也赶紧上前帮着递钢轨,陈正金把钢轨打进那摇摇欲坠的洞拱。

终于,陈正金把钢轨打进了正要形成巨大塌方的石头里,他长出了一口气,斧头"当"的一声落在地上,人也随之垮在了地上。

300个日夜,上百次塌方,隧洞掘进如同是在枪林弹雨里前进。

这天,刘敏从工地上刚回来,值班参谋送就给他一份电话记录:

刘师长,张政委:

《解放军报》发的消息和评论,正确地反映了你师的工作。"勇挑重担拼搏向前"的评语,既是对你们工作的高度赞扬,也是对每个引滦战士的要求。你师所承担的任务是整个工程最艰苦、最关键的部位,从一定意义上讲,明年国庆能否通水取决于你们的工作。望你们借这次东风,把工作认真总结一下,胜利地渡过难关。恭候你们的佳音。

这是总指挥部来的电话,刘敏读罢,心里感到莫大的欣慰。

军委副主席杨尚昆视察引滦工地,听取了两个师的汇报,对他们的工作给予了很高的评价。

1983年春节,万里来到引滦工地,看望施工部队,和大家一起过年。万里在工程总指挥和铁道兵指挥部指挥的陪同下视察了隧洞工程。

他们走下斜井,来到正洞,看到隧洞主体工程已经接近完成,隧洞高大、宏伟、坚实,特别是衬砌的质量很好,从墙到拱,一溜方格,平直、整齐、光滑,灯光一照,看上去好像地下宫殿一样。

万里看了之后,说:

不简单,这么短的时间完成这么大工程,真不简单,应当在每口井边树一块碑,上面刻上某某部队于某年某月完成此项工程,让后人知道创业的艰难。

万里和刘敏、汲乃英一一握手,他说:"你们辛苦了,这些日子的的确确辛苦了。"

汲乃英说:"没啥,写好铁道兵历史最后一页嘛!"

万里说:"不是最后一页,是新的一页。铁道兵是支好部队,这个我们了解。前年我和耀邦同志去西藏,回来经过格尔木,就住在铁道兵部队,亲身体验了铁道兵艰苦奋斗的作风。这个作风是四个现代化建设不可缺少的。我们国家幅员辽阔,既是内陆国家,也是海洋国家,更主要的是内陆国家，交通运输主要靠铁路。体制改革后，你们的任务不是减轻了，而是加重了，今后要修的铁路还很多、很长，这一点要有充分的准备。"

1983年3月28日，隧洞全线贯通。一股湿润的、强劲的、带着硝烟味的暖风横贯十里地下长廊。

两支部队在12号井胜利会师，大家热烈拥抱、欢呼，宣告引滦入津工程取得了决定性胜利。

在将军帽山艰苦施工

1982年春天，驻天津某部工程兵来到引滦入津工程工地上，承担将军帽山引水隧洞的开掘工程。

当时，他们不时地遇到危险，"呼啦啦……"滑坡了，上千方的土石堵死了刚刚掘开的洞口，另换洞口，时间就要延误两个月。

"轰隆隆……"塌方了，塌得透了天，10多米深的大黑洞，巉岩像死神的獠牙，在战士们的头顶上张开。有人建议用掘开式，那等于搬掉一座小山，少说要搭进60天……

负责洞口施工的三营长孙道彬，是一个血气方刚的小伙子，论军事技术样样过硬，论施工可是新兵打靶——头一回，何况初上阵就遇上了难啃的强风化区！

营里成立了攻坚队。孙营长第一件事就是找理发员，把头发剃光，其含义不言而喻。

上行下效，各连干部战士也齐刷刷地把头发剃光，然后，还有带点悲壮意味的宣誓。也有人诙谐地说："干吧，天津火葬场拥军，专门给腾出两间屋……"

28岁的孙营长连遗嘱也留下了：

如果牺牲了，没有完成党和人民交给的任

务，问心有愧，死不瞑目；一切丧事从俭，不要影响施工；全营干战，奋发努力，继续完成没有完成的任务；老婆可以改嫁……

当然，"遗嘱"未见诸文字，是几个营干部在工地吃着冰碴子饭时凑起来的。

而就在凑遗嘱的当天，一块石头崩落到了孙营长的工棚，砸扁了孙营长的洗脸盆，当时他离脸盆只有一尺远。

王嘉祥副军长带着部队出征的同时，部队也办起了各类技术骨干培训班。

军区秦基伟司令员，送来了从各部队抽出的几十名骨干。他担心像当年他当红军时，不懂得怎么打坑道怎么计算而出问题……

就这样，历史又把一个人物推到了这个洞口，他叫杨承增，阎军长口头委任的"总工程师"。

当年济南的趵突泉外一张北京水利学校的招生简章，吸引杨承增走进了学水利的课堂。水利学校毕业后，他又被转送进天津大学学水利，他的毕业设计是《潘家口水库》。

从那时起，滚滚的滦河水早就蓄在杨承增的心中。

可是杨承增学了近10年的水利专业，却被分配到了工程兵部队。他没有"打水洞"，而打了不少"干洞"。

而今，一个突然的命令调杨承增来参加引滦工程，他的眼睛湿润了。这不是偶然的巧合,这是历史的必然,杨承增告别了瘫痪 7 年的老母亲,来工地报到了。

杨承增显然是知道孙营长的"遗嘱",何况还有那亮堂堂的光头!难道真的让他们只凭血肉之躯去拼搏?不!应该向科学要生产力,要战斗力,要安全,要质量,要速度!也许,以往我们过多地宣传了悲壮的牺牲,而对能避免那悲壮牺牲的科学技术却忽略了。

杨承增想:默默地计算,默默地思考,不同样具有崇高的意义吗!杨承增失眠了。深夜的灯光下,他一本一本地查着资料,寻找征服那疏松石质的途径;农家的土炕上,他和会聚到这个洞口的每个人进行交流、探讨。

于是,一个"稳定边坡,超前插盘,喷锚支护"的方法酝酿成熟了。

杨承增和副师长左尔文在门前疏松的煤堆上做模拟试验,用煤铲掏出一个洞子,用八号铅丝做"锚杆",用稀煤代替喷浆。

孙道彬来到了煤堆前,转了两圈:"我两脚就给你跺塌了!"说罢跳到煤堆上,狠狠地跺了两脚。

煤洞完好无损。科学胜利了!

孙道彬被说服了,他们靠这种科学的方法战胜了塌方、流沙、潜流、滑坡。他们用智慧的大炮攻进了科学的冬宫。全部队从这个进口处看到了信心,这是个科学的入口处!

后来,我国一位著名的水利专家来到洞口参观,不禁连声喊："奇迹。"

这位专家还说："在这样的地质条件下竟然进了洞，竟然没有用一根支撑木，单木材就为国家节约了上万方！"

孙道彬的妻子是枣庄煤矿"三八女子掘进队"队长，她对工程的关心程度自然不在水电部队之下。

科学也是种子，它是会生根、开花、结果的，孙道彬接受了工程师的经验并进行了发展，后来竟然登上了"学术讲坛"，被地方工程队请去，大讲其施工的"战略战术"。

1983年春节，万里来隧洞里慰问，孙道彬竟有鼻子有眼地给万里汇报了3分钟。

孙道彬后来当上了团参谋长，他对别人说："我有空喜欢读点古诗。我喜欢岳飞的《满江红》，喜欢文天祥的《正气歌》，也喜欢辛弃疾、戚继光……"

孙道彬能够流利地背诵戚继光的《盘山绝顶诗》：

霜角一声草木哀，云头对起石门开。
……
但使雕戈销杀气，未妨白发老边才。
……

孙道彬的身旁，就是戚继光当年南疆平倭后来这里修建的帅府。

县志记载：

　　明万历三年，戚继光重修三屯城，砌城高三丈，顶宽一丈五，城基四支，周曲七里，敌台九座……城东有草料场，纵横五十丈，其北有聚兴堂，为各路将领居住的地方。城西有演武场，长二百丈，宽十丈，场有演武厅。城内前有军营，北城台有真武阁，城中央有钟楼和鼓楼，雄伟壮观……扫兴的是，十年内乱之际，三屯城堡和帅府的建筑均被拆毁。仅存的戚继光府，被一家五金厂占据着。

将军帽山那挺拔蜿蜒的黛色山体，果真有些像古时候的将军帽。山脚下一座座木板房和帐篷，点缀得这里颇有古战场的意味。

据说，这条长 12 公里的引水隧洞，如果从一头开挖要 30 年，从两头开挖要 15 年，子弟兵采取了长洞短打，分兵包抄的办法，沿线打了 15 个斜井，把整个隧洞分成了 32 个作业面，用了不到一年半的时间就贯通了。

向那深深的地下长廊望去，它像一个无限延长了的巨大的城门洞。它可以并排行驶两辆解放牌汽车，灯光在洞里闪闪烁烁，延伸着宏伟和堂皇。

这条隧洞，把滦水水系和海河水系沟通了，把军民的感情沟通了，把昨天、今天、明天沟通了！而今，它静悄悄的，只有少数战士在用啤酒瓶把修补的混凝土被覆面滚得光光的。

这支没有奖金的工程队，要交出高质量的工程！干活的战士们是轻松的，甚至带一点悠闲。把时针拨回一年零三个月的时间，情况可不是这个样子。

此情，此景，此诗，使人想象着当年这位民族英雄披甲挂剑，仰天长吟，浩气如虹的动人情景。而那心灵的震荡，到今天还在激励着他的后人！

驻津部队参加工程施工

1981年9月8日,人民解放军北京军区某师副师长左尔文按照军首长的指示,到天津市政府的大楼会议室受领任务。

左尔文听着市领导同志讲引滦入津的重大意义,他心情很是激动,为能完成这样光荣的任务而自豪。

一向风趣的天津市常委、副市长、共青团中央书记处书记李瑞环问左尔文:"老左同志,引滦工程不光是解决天津用水的问题,也是考验党的战斗力的战场,我和伟达同志向中央立下军令状了。你实事求是说,能不能完成任务?"

左尔文知道,他们师在接受这项任务前一直是操枪弄炮的野战部队,转眼之间就要去开凿一条我国最长的引水隧洞,万一部队在这项工作上打了败仗,将意味着什么是不言而喻的。

但左尔文又想到,如果站在考验部队战斗力的立场上看,是人民的需要,假如完不成任务,算什么共产党员?

想到这里,左尔文坚定地答道:"能完成,而且要争取提前完成。"

接受任务后,工程指挥部安排左尔文任工程施工工地副总指挥,主管全师工程。

就在这次会议上，确定由铁道兵第八师和左尔文师共同担负引滦工程最艰巨的任务：隧洞工程施工。

当时一些施工单位专业人员说，别说工期是3年，就是再加两年也很难。

引滦隧洞施工现场，位于地质学家李四光探明的燕山"山字形构造区"，岩石年代十分久远。由于30多亿年的风吹雨淋，隧洞主洞入口处形成了20多米厚，62米长的全强风化区。

裸露在地表上的暗红色岩石，一抓，酥了；一捏，就碎了。按通常的规矩，这里是开凿隧洞的禁区。

左尔文当时考虑到，如果把这62米长的风化区全部劈掉，再打洞，这要增加五六十万土石方的开挖量，等于搬走了一座山，就是用机械作业，也得3个月。

时间不等人。左尔文经过与工程技术人员研究，决定在全强风化区强迫进洞。

左尔文知道，在全强风化区强迫进洞，既需要胆略和干劲，更需要智慧和科学。

科学之路，对这支步兵专业的作业部队，是荆棘丛丛。

缺地质数据，大家各处寻访；缺技术资料，大家多方查阅。没有办公桌，用箱子代替；没有凳子，就坐在砖头上。

大家翻阅了大量的国内外技术资料，多次召开"诸葛亮会"，左尔文和指战员共商对策，制定出用喷锚支护进主洞的施工方法。

全断面定向粉碎爆破、一次成幅、光面爆破成形。这样爆破为施工节省了大量的木支撑和钢支撑。

喷锚支护就是在全强风化区作业面打眼,插进钢筋,喷射混凝土,使风化层凝固起来。经过反复试验,获得成功。

洞子在不断向前延伸,新的"拦路虎"又出现了。大量流沙和地下水喷涌而出,工程无法进行。

担负主攻任务的某部二营大胆采用导水、淘沙、水泥浆封闭、喷锚支护等当时的先进技术,进行科学施工。

喷锚时,官兵们全身都是泥浆,水泥剂把大伙的手和脸烧得红一块紫一块,大家全然不顾,坚持施工。

大家依靠科学,靠着勇敢,连闯潜流、流沙等5道难关,顺利地通过了全强风化区。

科学施工使官兵们尝到了甜头,艰难险阻把指战员逼上了学习和掌握科学技术的"梁山"。

夜晚,燕山闪烁的灯光,是指战员向科学技术进军的火炬。3万多名指战员努力学习科学技术,在很短的时间里,许多人从对工程专业一无所知,到用不到3个月的时间掌握了测量、设计、计算、识图、爆破、打风枪、机械操作等专业技术,成为多面手。几百名工程技术人员大胆施工,科学指挥,由于采用先进技术和科学的施工方法,为隧洞施工赢得了高速度、高质量、高效益。

开山凿洞、爆破是一项非常危险的工作,一两百万只雷管,1000多吨炸药,都要经过指战员的手去装填和引爆，随时都有生命危险。

但官兵们只有一个信念：

为了让天津人民尽快喝上纯净的滦河水，自己牺牲再多也值得。

1982年8月17日下午，二号洞作业面传来一声意外的闷响，一只残留在炮眼里的雷管突然发生爆炸，正在排哑炮的某部八连七班长吴铁林负伤倒下，身上淌着殷红的血。

吴铁林被抬走了，共产党员王辅英挺身而出，奋勇挑起了爆破班长的重担。他心中只有一个念头：

共产党员要永远冲锋在前！

"轰"的一声巨响，担任爆破班长不到一个月的王辅英，被一块突然塌落的石头砸伤，右腿三处粉碎性骨折。

共产党员的先进性在这里得到充分体现，入党仅3个月的预备党员、七班副班长李国江毫不犹豫地顶了上去，带领全班继续战斗。

炮声在轰鸣，隧洞在延伸。

1982年12月21日，李国江沉着地点燃了全部队工地的最后一炮。

铁道兵第八师担任的隧洞施工更多，也更复杂。该师担负 11 号洞的某团七连二排副排长唐喜良带领 12 名战士正在紧张施工，从拱顶上突然落下 10 多方碎石，把战士武海学等埋住，只露出了大半个脑袋。

唐喜良边组织其他同志救人，边喊："塌方了，快救人！"

两分钟后，更多岩石又铺天盖地塌了下来，把 11 名救援的同志全部埋在了沙石堆里。唐喜良也被砸得昏了过去。

不一会儿，唐喜良醒过来了。他双腿被石头卡住，不能动弹。他伸出一只手四处摸索，扒寻在自己身边的战友。

战士们相继都醒过来了，他们像唐喜良一样，在生命的关键时刻仍然关心着自己身边的战友。

班长张国顺把刚摸到的安全帽扣在新战士王拥军的头上。战士张海生醒过来后忍着剧痛，连续把两个被砸昏的战友背到了安全地带。

救援的战友赶来了，经过 40 分钟的抢救，被埋的战士得救了，新战士武海学壮烈牺牲。

参加引滦入津工程建设的部队，1981 年 9 月下旬接受任务，1982 年 5 月正式开工，1983 年 7 月主体工程竣工。

引滦入津的关键工程引水隧洞，原计划 3 年完成任务，参加施工的部队仅用了短短 16 个月的时间，就高速度高质量地完成了，这创造了当时我国水利建设史上的奇迹。

整治黎河河道

1982 年 5 月 11 日，引滦入津工程在河北省遵化市举行了开工典礼。

工程从库容达 29 亿立方米的潘家口水库开始，经 30 公里的滦河到下游的大黑汀水库，再打通滦河流域与海河流域分水岭的 12.39 公里长的三屯营引水隧洞，把水引到黎河。过了黎河、海河水后流入蓟州区于桥水库，然后经州河河道和 64 公里明渠送进天津市区，全长达 223 公里，是我国最大的城市引水工程。

距天津 158 公里，是河北省遵化市骆各庄村。

这里的村民都知道，流经村子前的黎河下游是于桥水库。村子里的人很少去天津，仅有的几次，是为了购买一种价值 4000 元的净水机，他们说："用来保命的。"

黎河是引滦入津的必经之河，骆各庄村依山傍水，村、河、山浑然一体，这里的村民见证了黎河水如何被人为改造成为滦河水。

"水"这个字一直困扰着他们，村子一旁的黎河实业有限公司已经停产。本以为可以"消停"下来的村民，现在却仍旧在这座厂子的阴影下，寻找着自己与政府、企业乃至自然环境之间的利益点，其路之漫长，而总是充满了矛盾。

黎河桥因为黎河的存在而修建，黎河桥位于黎河实业厂房的南侧，如今已经被定为危桥。载重量大的车辆都要走新建的黎河斜拉大桥，为的就是减轻老黎河桥的载重负担，确保行使安全。

车辆从黎河桥上通过，车速有些快的时候，桥面就会发出阵阵响声。由于黎河实业的厂房紧邻黎河，所以河道成为工厂的天然排污口。

沿着黎河桥边下去来到河岸边，湍急的河水正从黎河桥下流过，在黎河桥左侧岸边不远处就有一个闸门，前任村领导马连生指着闸门不远处的一个大石块说："以前黎河实业公司的排污口就在这里，如今早已经看不见了，要是早来一年就能看到了。"

站在黎河桥的右侧能够很清楚地看到黎河实业的厂房，桥下的河岸边有一个大管子，直径接近一人高，管子里正在呼呼地往外流着污水，据马连生介绍那些流出来的水都是黎河实业的排污水。

马连生说："虽然厂子都停工了，但在厂里还堆放着大量的磷石膏，等一下雨的时候这些磷石膏就会和泥土混在一起，然后就和厂里的污水一起排到黎河了。"

站在黎河实业排污管旁边容易发现，黎河桥所有的桥墩都出现了腐蚀现象，在桥墩与黎河水平面接触的地方，墩子表面的那层水泥早就被河水侵蚀了。

上游，一片芜杂。于桥水库网箱养鱼污染严重；翠屏湖周边农家院生活垃圾污染严重；河北省遵化市的黎河更是尾矿渣堆积得如山高，废污水从暗渠冲击河道，流向下游的于桥水库，继而进入天津。

清理黎河刻不容缓，进行引滦入津是百年工程。参加工程勘探设计和施工的有近200个单位，共有215个施工项目。人民解放军部队为工程建设作出了重大贡献。

天津市10万人参加了义务劳动，几万妇女制作了24万件慰问品送上了工地。

在中央各有关部门和全国23个省、市、自治区的通力协助下，到1983年9月11日正式通水，彻底结束了天津人民饱受缺水、咸水之苦的历史。

明挖横河埋管工程

1981 年底,天津市决定引滦入津工程 1983 年十一通水,工期整整提前了一年。

为了实现这个计划,驻津某师师部正在木板搭成的会议室里召开营以上干部会议,会议室里的人挤得满满的。

会议由师长谢荣征动员,然后展开讨论。可是,过去了 10 多分钟,竟然没有一个人说话。

这时,专程从天津赶来参加会议的军长坐不住了,他从座位上站起来,扫视着整个会议室。

突然,军长把目光聚集在左墙角的一个人身上——三营长王小京。当他与军长的目光相碰的时候,他竟然笑了一下。

军长看着王小京说:"如果今年能把横河段明挖埋管任务超额完成 42%,明年就可以抽出机械和兵力支援渠首闸工程。否则,即使洞通了,也不通水。"

王小京知道,军长这话虽然没有指名道姓,但那明显是冲着自己说的。因为承担横河段施工任务的正是他们三营。

王小京心头翻腾开了:要超额完成今年任务的 42%,就意味着灌注任务由原来的 330 米增加到 470 米。灌注混凝土，开挖回填土石方量都成倍增加，困难确实很大。可是，引滦入津是一场特殊的战斗，三营的任务又是连接东西隧洞的要害地段，事关大局，非同小可。

想到这里，王小京站起身来，两眼看着军长坚定地说："请首长放心，保证今年超额完成42%，否则，撤我的职！"他右手在半空中劈了一下。

军长高兴地大步跨到王小京面前，大声喊道："好！"军长接着紧紧地握着王小京的手，他又带头鼓起掌来。

会议气氛随之大变，大家你一言我一句，都纷纷表示了决心。

王小京立下军令状的消息传到营里，就连从来没和王小京红过脸的副营长也急得直跺脚。

王小京马上召开干部会议，他把每个人，每辆车甚至每件工具都作了认真分析，总结了前一段的经验教训，又和大家把每一道工序都算了细账，制订出了具体措施。

经王小京这样一算，大家一下子又信心百倍了。三营的施工随即进入了高潮。

王小京虽然长得高高大大的，但从1980年军事训练时髋骨被摔裂后，他的身体便一天天垮了下来。腰肌劳损、腰骨质增生和比较严重的关节炎，常常折磨得他不得安宁。

从1981年来到引滦入津工地，天冷体力消耗又大，王小京身上的病也越来越重了，有时候一蹲下去就难以再站起来了。但为了坚持上工地，整个冬天王小京天天晚上都用喝水的缸子拔火罐，否则他无法入睡。

即使这样，王小京仍然每天4时就起床到工地，检查机械是不是正常运转，水位有没有变化，钢筋立模是不是合乎要求。

王小京号召全营指战员，立即以实际行动迎接1982年5月的开工大典。

开工典礼临近了，王小京仍然和往常一样，早晨4时就来到了工地上。他要打破计划，提前灌注第二节涵管主体。

王小京首先检查了沙石灰各种备料是否齐备，是否合乎要求。他又精密计划了人员使用问题。

王小京最担心的是灌注中的捣固，因为捣固不实将影响整个工程的质量。

灌注开始了，王小京第一个抢上去进行捣固。灌注作业面7米多深，模板里狭窄憋闷，人施展不开手脚，稍微不小心，就会被锋利的钢筋头划破皮肉。

捣固器发出的声音很大，在里面作业，注意力要高度集中，对人的体力是一个考验。

王小京一边干一边指挥战士们，他一直干到吃午饭。出来后，王小京大口大口地消灭掉了几个包子，又赶紧往模板里钻。

这时，战士们一把将王小京拉住了，大家说什么也不让他再进去了。

王小京心里明白，大家是看到了他手上被水泥腐蚀的一块块伤痕，害怕再引起他的老毛病。而且，一营之长的任务绝不是充当一个劳动力，还要去指挥全营。

但王小京又想：工作都安排好了，灌注作业最艰苦最关键的地方营长不去，这怎么实施指挥呢？

于是王小京说："不让我去捣固，灌注出了问题谁负责？"

大家听了这句话，都不由自主地松开了手。

捣固手换了一班又一班，但王小京却是跟着连轴转。

灌注结束时，已经是23时了，王小京这才从模板里出来。他极度地疲劳，一路蹒跚着回到帐篷。

王小京走进帐篷，衣服没脱就上了床。可他还没躺10分钟，电话铃就响了起来。

团值班室通知：三屯营火车站运来240吨水泥，为了不误车皮，要连夜卸车运回来。

王小京一听这话就再也无法休息了，马上就去组织人马，驱车直奔三屯营火车站。

直到第二天凌晨2时，大家才把水泥卸完。回到宿舍，王小京躺下睡了3个小时，就又赶忙上了工地。

又是一天的忙碌辛苦，到了夜里23时。这次才回到宿舍躺下又没有10分钟，王小京的电话又响了：工地来了两汽车炸药，为了保证安全，必须由干部带队连夜卸车入库。

王小京放下话筒，二话没说就往外走。但这次只迈出两步，他就一头栽倒了。

王小京感到他的脚不听使唤了。但他仍然坚持着，他知道连队的战士们都太累了，他就把八连炊事班和营部的勤杂人员集合起来，大家一起上了工地。

24公斤重的炸药箱，要是在平时，王小京一次搬两箱都没事，但今天他明显觉得力不从心了，一次搬一箱还累得直喘粗气，两条腿不停地打战，浑身上下直冒虚汗。

王小京又坚持了一会儿，就一头栽倒在地上，再也爬不起来了。

等王小京再次睁开眼睛的时候，看到了白色的墙壁，白色的被单，还有穿白衣的人。王小京再向上一看，就看到了吊瓶。这时他心里明白过来，自己已经躺在了卫生队的病床上。

医生告诉王小京:"你患的是急性肺炎，高烧39.6度。"

夜深了，人们都渐渐离去了。

王小京输液后，感觉体温降下来了，身上也轻松了很多，但他却怎么也睡不着了，脑子里思考起来：教导员明天就要去参加上级组织的政工集训；营里只剩下副营长一个人；七连的灌注还没有拆模；八连编钢筋还需要有人来指导；九连爆破中出现的那个问题还没有解决……

王小京心想:"有多少工作等着我啊！作为一营之长，这个时候躺卫生队像什么话？"

王小京拿定主意：开溜！然后迅速爬起来，轻手轻脚地溜出了病房。

王小京走到自己的宿舍门口，却犹豫起来：这事要让副营长知道，非跟自己吵架不可，干脆就去工地！

第二天一大早，副营长到医院去探望王小京，却正好遇到几个医生到处寻找王小京。副营长一听，心里就明白了。于是，他一溜小跑去了工地。

当副营长从模板里找到王小京时，王小京不好意思地一笑："我根本就没有什么病，别听那些'白大褂'瞎嚷嚷，他们就爱小题大做，大惊小怪。"

副营长当时就急了："你这么干，是不是对我们都不放心？"

王小京赔笑说："老伙计，你别着急呀，有病没病，我自己心里还不清楚。"

王小京的父亲是一位文化干部，王小京的爱人是一位青年作者，经常在报刊上发表小说、散文。但王小京却热衷于军事艺术。军事训练，王小京的成绩优异。

现在到了引滦入津工地上，王小京又对施工着了迷。

这一天，九连三班在施工中，由于渗水严重，炸药被水浸湿了，出现了多次哑炮。

承担爆破任务的九连三班的 6 名战士从没有做过爆破工作，一时都不知道该怎么办。

王小京又开始研究了。他一大早就带领这 6 名战士上了工地，一炮一观察，一炮一分析，一炮一改进。整整研究了一天,也没有找出解决哑炮的办法。

但是,大家并没有灰心。傍晚的时候,一个战士提议:多点几炮试一下。

王小京同意了,他们一连点了10炮,却只响了7炮,哑了3炮。

这时,夜间施工的七连马上就要到了,如果不排除哑炮,就会出大事故。

王小京觉得排除3个哑炮有一个人就行了,他就决定自己去,让战士们都进入掩蔽部。

战士们哪里肯,他们都不肯走。

王小京于是一挥手喊道:"站队!"他把队伍带到掩蔽部,命令战士们进去。

战士们都不肯听王小京的,王小京把眼睛一瞪,吼道:"谁不进去,我处分谁!……这次说到做到。"

王小京把战士们赶进掩蔽部后,他只身回到了作业面,用嘴叼着手电筒,仔细查找哑炮的位置。

掩蔽部里异常地静,战士们都瞪大了双眼,紧紧地盯着作业面上王小京随着手电光移动的影子。

突然,作业面上传来一声炮响。战士们都大声地叫着:"营长!"有人还哭了起来。

但随后,大家又看到手电光还在移动,这才松了一口气。

王小京经过仔细分析发现:用胶泥填压的炮眼全响了,没响的全是用沙石填压的。这是因为,沙石填压容易进水，而胶泥严密，不易淹湿炸药。

于是，王小京双膝跪在地上，用双手拼命地抠出炮眼里的石砟，两只手都被磨破了，鲜血直流。

两个小时后，王小京安全地排除了3个哑炮，他又重新装上药，用胶泥堵好炮眼，点燃了导火索。

王小京跑到掩蔽部，很快，炮全响了。

三营的施工速度，远远走在了时间的前面。1982年的任务，他们超额完成了70%。

王小京笑着说："我的军令状没有白立。"

清理海河于桥水库

于桥水库于1983年纳入引滦入津工程，这个水库控制流域面积为2060平方公里，总库容15.59亿立方米，正常蓄水库容为4.2亿立方米，是以防洪、供水为主，兼顾农业灌溉、发电的大型水利枢纽。

于桥水库是1959年12月1日动工兴建的根治蓟运河的骨干工程。当时正处于国民经济困难时期，党和政府从"除害兴利、造福人民"的愿望出发，决定修建于桥水库。拦河坝采取水中填土，轻、重碾压，人工夯实等方法填筑。

几十名职工半日劳动，半日工作，开荒山造梯田，工程附近的秃山变成了花果山、米粮川。坝下的护坝地变成了绿林带，春来满坡秀色，秋季瓜果飘香，这形成了于桥水库独特的风景。

但当时工程管理较为薄弱，只有4名工程技术人员负责工程养护及管理，管理设施陈旧，技术手段落后。

1960年7月大坝填筑到设计高程27.5米，于桥水库第一期工程告竣。由于于桥水库是在冬季建设施工的，且机械化程度低，因此大坝建成后存在诸多隐患，曾经过多次加固处理。

于桥水库建成后，初期功能是以防洪为主，兼顾灌溉、发电。

1968年以前，水库只拦洪不蓄水，从那以后开始蓄水并承担灌溉任务，水库建成后保证农业供水、工业用水。

1983年被纳入引滦入津工程后，水库的功能转变为以防洪、城市供水为主兼顾农业灌溉、发电等。

于桥水库下游直接影响的范围有蓟州区、宝坻、宁河等6个区县近百万人口，几千万亩耕地，并影响京—秦、大—秦、京—山、津—蓟4条铁路干线和京—哈、邦—喜、津—围等公路干线的安全。

水库建成以来，首先发挥了明显的拦洪抗灾效用。据统计，它共拦截超过下游堤防泄洪能力的洪水17次，形成防洪效益11.15亿元。

1983年水库纳入引滦入津工程后，前进的步伐加快。

通过完善各项规章制度、规范日常管理、强化业务考核、美化闸容站貌以及加强基础设施建设等工作，使工程管理的现代化水平和人员整体素质突飞猛进。

工程管理逐步向标准化、规范化、制度化、科学化的管理水平迈进，先后完成了大坝除险加固、库区护岸、州河护坡等基建和维修工程项目。

开挖引滦工程引水洞

1983年3月21日傍晚,随着一声震撼人心的炮响,引滦隧洞9号引水洞贯通了。

听到这个消息,总指挥李瑞环说:"这下好了,引滦工程按期通水就更有把握了。"

第二天,天津市的报纸、电台、电视台等都重点地报道了这个好消息。

9号洞在全线15个洞中,虽然长度不大,但由于正处于山脚交界的古河床上,石质破碎,地下水丰富,塌方频繁,成了全线有名的烂洞子。

1982年8月中旬,师、团联合工程会议讨论派哪个部队的人去负责技术指导,大家都犯了难。

最后,团长摸摸后脑勺说:"我看派老工程师王国均去合适。"

团长找到王国均,把他的意思一说,王国均就干脆地说:"晚上我准备一下,明天就走。"

团长郑重地说:"这可是副重担啊!"

王国均却说:"担子重才过瘾哪!"

团长笑着说:"不过,你也要注意自己的身体啊,年纪大了,安全要特别注意。"

王国均心里暖暖的,他笑着说:"身体不成问题,安全我当然会注意，我不相信石头会专门向我头上砸，万一碰上，我就豁出这把老骨头了。"

第二天一早，王国均就把行李搬到了9号洞值班室，听完汇报后，就下洞去了。

王国均一盯就是10多个小时，总是叫人给带下去两个馒头当晚餐。

王国均看到，这个9号洞简直就是一个万花筒：有的岩石像层层相叠的书页，表面看上去挺光滑，但整体性太差，不时地就会掉下来一块；有的岩石虽然犬牙交错，但却又不合成一体，不时也会掉下一大块。

已经掘进了30多米的洞顶，却塌得到处都是坑坑洼洼的。

王国均看完之后对大家说："我搞了30来年的隧道施工，但还没有见过这样的洞子，这次就像进了'地质博物馆'，可算开眼界，长见识了。"

这天，王国均正指导六连20名战士搭排架顶塌方。大家干了大约一个小时后，几块大片石"哗"的一声塌在了王国均的身边，气浪一下把他抛出一米多远。

已经到了午夜，王国均还在仔细查看一摞摞施工资料，翻阅自己多年来积累的一本本施工笔记。

突然，王国均的视线停在一本书上出了神，他自言自语说："对，就像钉书一样，给片岩上穿上钢筋，订成册。行，这样一定行！"

接着王国均就开始计算，分析：一根钢筋能够承受多大的拉力，一平方米需要几根才合适。这样，王国均一直弄了两个多小时。

王国均指导风枪手们，在片岩上打进一根根长两米左右的钢筋，然后喷进混凝土，形成强有力的锚杆，片岩终于被治住了。

王国均刚刚闯过片岩层地段，好像豆腐一样的破碎层又来了。那大大小小的石块，打在安全帽上"乒乓"直响。有时连续掉下一大堆，就需要好几天才能处理完。

大家找到王国均时，他拿起粉笔，走到一块记事用的小黑板前，对指战员们说："俗话说'卤水点豆腐，一物降一物'，这种破碎层，就像豆腐一样，结构十分松散，锚杆根本不起作用，喷锚承受力小，也解决不了根本问题。这几天我经过反复考虑，采取挂网喷锚的新工艺为好。"

王国均一边说着，一边给大家在黑板上画着详细的图解。

王国均指导战士们挂了七八个大钢筋网，向前掘进一段，就及时挂上一个。这样，碎石又被治住了。

凡是到9号洞参观的人，看到施工现场时，都不由得发出赞叹："在这样困难的施工条件下，仍然能取得这样的好成绩，的确不简单！"

上级给9号洞发来了嘉奖电，还送来了锦旗。

来到引滦入津工地慰问演出的著名歌手们，听了王国均和六连指战员们的事迹，都很受感动，他们专门下到隧洞作业面，歌唱王国均和战士们，并找到王国均与他合影。

报纸、电台、电视台的记者们也纷纷赶来为王国均录像、拍照、写稿件。他们跟着王国均走到洞里，王国均对他们说："我是个普通的技术人员，没做出什么成绩，实在没啥值得宣传的，再说，施工难点，高潮还在后面呢。"

10月1日国庆节刚过，9号洞里开始大量渗水，每小时的涌水量竟然达到40吨，一时间，"地下长廊"变成了"地下长河"，而且涌水推着石头，石头向外涌着大水，形成了泥石流。

这时，打锚杆因为石质松散不起作用了，挂网、喷混凝土锚固又被水冲掉了。而同时，王国均的家中连续打来几封"爱人病重住院速归"的电报。

王国均没有离开9号洞，他根据情况的急剧变化，提出了新的施工方案：

由大断面开挖改为弧形导坑掘进，同时采用钢拱架支撑。

10月31日19时，六连正在作业面上清理石砟。突然，大家听到"嘎嘎"的响声，他们抬头一看，不禁都惊呆了：头顶上，有5排刚立好的拱架突然下降，有的已经扭曲断裂了。

跟班作业的指导员陈焕堂立即命令战士们撤出危险区。

王国均却不顾危险,一头钻进拱架的缝隙,打着手电查看险情。

洞里一片寂静,只有钢拱架断裂、泥石流向下滑动、地下水冲刷的响声,王国均知道,这是大塌方的前兆。如果不采取紧急措施,大塌方将不可避免,那9号洞必然会成为全线通水的拦路虎。

时间在慢慢过去,王国均凭着多年的经验,冷静地作出判断:钢拱架断裂有个过程,不会立即塌下来。王国均把身上的雨衣、棉衣都脱下来往旁边一甩,大喊一声:"跟我上!"然后自己扛起一根方木就向钢拱架冲去。

连长李仕军、指导员陈焕堂也带着兰汉光、马兴才冲了下来,大家都毫无惧色,分秒必争地锯木头,送料具,展开了紧张的抢险战斗。

大家在40分钟内就搭起了3个木垛,立起了9根圆木支柱,终于顶住了塌下的拱架。

施工不到3个月,李仕军和陈焕堂的体重就下降了7公斤,战士们都说:"连长和指导员起码扔给了9号烂洞子5公斤多肉。"

一天,有个战士对李仕军说:"再过几天,你就成电线杆喽。"

李仕军哈哈大笑着说:"你们晓得啥,现在青年都喜欢苗条,我这是在减肥呢!"

施工中的重重困难，让李仕军和陈焕堂感到了巨大的压力。

有天深夜，陈焕堂翻身坐起来，倚在床头，点燃一支烟，吸了一口说："老李，咱俩是连队的排头兵，战士们的眼睛可都盯着我们，咱们可得挺起腰杆往前冲啊。"

李仕军也坐了起来，说："时间紧迫，容不得我们叹气了。"

陈焕堂说："目前战士们中有一种很低落的情绪，我看大家有些自暴自弃。"

李仕军说："是啊，没有一个好的精神状态，就很难完成艰巨的任务。"

陈焕堂说："施工的困难的确很多，上级也在千方百计帮助我们解决，但我们要充分发动群众，主动挑起重担来。"

李仕军说："我也这么想，只要我们每个人都积极地去想办法，就没有过不去的火焰山。"

他俩一直说到了凌晨3时，这时他们再也没有一丝困意了，李仕军看了看表说："走，我到洞子里看看去。"

陈焕堂说："还是让我去吧，你眼睛都熬红了。"说罢他也穿好了衣服，从床上站了起来。

李仕军说："你就别争了，你明天还要到团里去开会，快躺下睡一会儿吧，天马上就要亮了。"说完，李仕军就出去了。

当天下班的时候，六连的战士们听到了给别的连队送贺信的锣鼓声和鞭炮声,他们心里都感到不是滋味,一个个低着头。

李仕军大声说:"都给我抬起头来,怎么愁眉苦脸的,你们不是喜欢看戏吗,情节越曲折,故事越生动,演员演得才来劲,观众才有看头。"

李仕军和陈焕堂耐心地跟战士们做思想工作,大家都逐步改变了想法。

第二天,战士们把洞里300多方碎石都清理干净了,大家又竖起了一排排钢拱架。

李瑞环在视察9号洞的时候,他紧紧地握着李仕军和陈焕堂的手,连声称赞说:"干得好,是个好排头兵,像个干大事的样子。"

修建分水枢纽工程

1982年引滦入津工程开工以后，某部舟桥连来到枢纽工地，他们要在大黑汀水库的大坝修建一个分水枢纽主体工程。

他们的工程包括4个9米高的闸墩，还有闸室、排水涵管、消力池和闸库，修好后大概要25米高。

师首长和专家们说："主体工程完成以后，还有闸上建筑，要在闸墩上面修建一座二层洋楼，再修一个现代化的花园，还有一座汉白玉雕塑。这些都将采用世界上最先进的工艺技术。"

战士们听了，都高兴地鼓起掌来。

连指导员李晓光说，"苏轼曰：'座然临之而不惊，无帮加之而不怒'，乃大丈夫也。"

副连长老樾壮得像头牛一样，从来不知愁滋味，天大的事也不往心里放，干再重的活也从来不喊累，上床就能睡着。

一排长王树民是个急性子，什么事一说就马上干，干活也急，吃饭也快，大家都叫他"九机部长"。

王树民找到连长田风奎说："你说叫我们排干什么？下命令吧！"

田风奎说："干什么？挖地基。"

王树民干脆地说:"没问题。"

但是,刚一开挖地基就遇到了难题,一排遇到了风化层。按照施工要求,闸基与岩石的接触面不能有一点土,专家说:"要用白手帕擦不下土就够标准了。"

王树民领着大家就干了起来,他们用高压气体吹,用水龙头冲,用刷子刷,好不容易才达到了标准。

可是第二天大家一看,地基全都风化了。

王树民急得大叫一声:"再重来!"接着全排又一天挖、吹、冲、刷。到第三天一看,又是一层石头粉子。

一遍、两遍、三遍……王树声站在基础上,气得两眼瞪得大大的。

田风奎把一位技术人员找来了,技术员一看就笑了:"风化层嘛!见风还不化?你们把基础搞好,马上灌注就行了。"

王树民高兴地摸着后脑勺说:"光傻干不行了,连长,咱们也得学技术啊。"

有一天,营部通讯员跑到工地来,告诉田风奎去天津参观。

汽车一路把大家拉到了宝坻大张庄泵站。当时田风奎看到了很多人,但大家脸上的表情都不对劲儿。

这时,听到工程指挥部的一位负责人说:"看看吧,这里的工程质量不合格,要用成吨的炸药崩掉……国家的钱财,人民的血汗呀!都坏在他们手里了,这是犯罪,要追究法律责任。"

田风奎上前一看，只见有几处灌注体像蜂窝一样，钢筋都露在外面。有两个工人正在拿着钢钎进行补救。

大家接着开会。负责这项工程的某公司的3个经理一齐检查，要求严肃处理。工程指挥部的负责人说："已经撤了两个负责人，两个捣固手也受到了法律的制裁。"

大会一直开到天黑才散，其他单位的干部都回天津市去过夜。师长对田风奎说："你必须连夜返回工地……分水枢纽工程标准比别的地方还要高得多、严得多，一旦有了疏漏，后果将不堪设想。"

田风奎连夜赶回工地时已经到了次日1时，他把李晓光和老檄等人都叫到一起，向大家传达会议上的情况以及师长的指示。

说完后，田风奎说："不行，我得去找营长。"

李晓光说："老田，还是等明天吧！现在估计营长刚睡下。"

田风奎说："不行，他睡着了我却睡不着。"

田风奎把营长叫起来，又把会议的情况说了一遍。营长听了半天没说话。

田风奎接着说："营长，我田风奎当兵15年接受任务可从不打折扣，我有力气，有胆子，可就缺了一样，没有科学技术。你快给我派工程师吧。"

营长说："我上哪儿给你找工程师去？"

田风奎急了："没有工程师那派个技术员也行啊！"

营长说："技术员我也没有，你老田自己想办法吧。"

田风奎接着问:"那施工机械、工具呢?这总得有吧?"

营长还是那句话:"自己找去。"

田风奎回到连部,躺在床上一夜没合眼:"要人没人,要东西没东西,这真比《升官记》里的徐九经还难啊!"

田风奎一连几天都打不起精神来,李晓光对他说:"这好办,咱们也分分工,实行干部责任制,没有技术学技术。"

田风奎高兴了,他马上进行了分工:"一排长负责搭架、捣固;老檄负责立模;李晓光负责编筋;我自己负责施工组织指挥和安全。"

田风奎接着又对全连人员进行了专业编组,各负其责,研究各自的主攻方案。哪一方面出了问题,由哪一方面的负责人解决。

这天,田风奎的妻子给他来了封信,说麦子收打完了,可还不如别人家的一半多,都是因为没有劳力,也没有化肥和农药。

信上还说,科学种田也没有指导,农业技术员成了"财神",都让别人家抢走了。

田风奎感叹说:"真是到处都得讲科学啊!"

几天来,在技术员的指导下,大家另外搞了一个"试灌",经过几次验收质量还好。可连里几个干部心里还是不踏实:毕竟工程师和技术人员不能一直跟着他们,一连也争，三连也抢，隧洞里的兄弟部队也要。

田风奎决定：走出去，到铁八师、水利部五局、保定水利二队去学技术，请师傅。但是，师傅请来没有几天就有事走了。

通过李晓光的动员，全连办起了培训班，掀起了学习科学技术的热潮。

李晓光每晚都抱着《土建工程作业基础知识》学到大半夜。

田风奎也在学习《国防施工手册》，在身边一个大学生的指导下，慢慢地也入门了。

王树民则跑了几趟铁八师，他找准了一位李工，李工上工地他就也跟着上工地；李工回办公室，王树民就跟到办公室；他们一块吃饭，一块散步。后来，王树民竟然跟李工结拜了。

分水枢纽的开挖、主体工程基础、排水涵管等项任务，进行得比较顺利，经过全连奋战按期保质保量地完成了。

这天，田风奎听说王树民跟营长打起来了。他赶紧赶到了营部。

这时，两个人的气都消了一些，田风奎赶紧问是怎么回事：原来，他们是为了支架子的事。

当时，闸墩越灌越高了，砂浆上运成了难题。王树民早就对田风奎说过："必须搭个架子。"田风奎当时说要请示一下，没想到王树民竟然自己动手干了起来。

营长是担心架子会出问题：两台 40 米长的皮带卷扬机 6 吨多重，搭在一座 20 多米高的架子上，头重脚轻，万一塌架，就会造成机毁人亡的后果。

等营长静下心来，田风奎说："营长，就让他试试吧，事情已经到了这个地步，我们到处求人都没有，人家也不愿担这份责任呀。我认识水利五局的一位姓邢的架子工，搭好后让他来看看，这样保险一些……万一出了什么事，我老田承担全部责任。"

营长说："一排长，你干吧，责任我来负，但一定要注意安全！还有，刚才大家都是为了工作，我不怪你。"

连里几个干部按照王树民画的那张草图搭了一个模型，李晓光组织了几个文化水平高的战士应用物理学上的力学原理，给钢管支架逐段计算了所承受的力。王树民试验了钢管与卡子的承受能力，并将各类卡子分类编号。

田风奎下达命令："两天内必须把架子搭起来！"

全连人员身挂保险带，头戴安全帽，大家一起干了起来。

营长日夜都站在那个土坡上，脸上没有一丝笑容。等架子搭起来，他才下了坡。

营长让营部用小汽车把五局的邢师傅拉来了。

邢师傅围着高耸的钢管支架转了两圈，又攀上架子顶部走了走，他连声夸奖说："这么长的输送架很少见到过，搭法也很新奇，放两台卷扬机没问题。"

邢师傅接着对营长说:"部队上有能人啊,设计和搭起这架子至少得要几个七级工。"

田风奎说:"七级工我们没有,我们倒有个'九机部长'。"

营长咧了咧嘴,算是挤出了一丝笑容,他长长地出了一口气说:"老田,马上给一排长报功!"

大家又从潘家口的六十一队请来了一位李工程师。他来到连部,水都没喝一口就要去工地,大家怎么劝都劝不住,李工说:"我是来工作的,不是来做客的,我们都是当兵的,不必客气。"

田风奎马上安排通讯员晒上新被子,将李工安排在连部住,他日夜跟李工在一块,以便向他学习。

晚上,田风奎与李工说了一会儿施工难题,又请李工教他学习识图。李工铺开那标着密密麻麻的数字和符号的工程图纸,很认真地教田风奎,田风奎也学得很认真。

在被窝里,田风奎仍然睡不着,又向李工请教如何分配人力、安全保障、提高质量、科学施工等方面的问题。

分水枢纽开工已经快4个月了,大家一边摸索着一边施工,总算走过来了。眼下就到了闸墩工程了。

但这时,二号闸墩闸槽人下不去,没法进行捣固。

闸槽只有40厘米宽,每个边再除去10厘米保护层和30毫米的钢筋编成的网,中间只剩20多厘米的空隙了。

但它却有3米长，9米高，从上往下看，就像地震后的大裂缝一样。要灌注和捣固，就必须派人下去，但人是无法下去的。

田风奎宣布成立一个"钻缝攻关"小组，选出了4个特别瘦的战士。但是他们挨个试，都没有一个能下去。大家看着又不由得发笑。

这时，有人说了一句："叫小通讯员朱满江试试吧。"

田风奎也如梦初醒：全连唯一穿4号军装的小朱可能会行。

但朱满江来了之后，费劲儿往里挤了半天也没挤进去。最后，他累得坐在地上直喘气。

大家都失望地议论着。

这时，朱满江猛地站起身来，他把绒衣、绒裤都脱了下来，又要往下钻。大家都赶紧拉住他，李晓光大喝一声："小朱，你不要命了！"

朱满江不说话，他挣脱了众人的手，脱得只剩一条小短裤，整整用了一个小时才下到了槽底。

朱满江站在夹缝里，不能弯腰屈腿，不能转身活动，只能一种姿势，两手不停地捣固。

这时，一阵冷风吹过来，大家都不由得把棉衣紧了紧。现在已经是初冬了。

大家都看着朱满江。他光着身子，冰冷的钢筋夹着他，没膝的砂浆浸泡着他。渗水和砂浆不停地往下掉，顺着朱满江的脖子往下流。大家不由得眼睛湿润了。

半小时、1小时、3小时……大家都觉得时间怎么过得这么慢，心里都像被油煎一样。

到了夹缝的两头，再输浆人就躲不开了。这时朱满江喊道："干脆就往我身上倒吧。"

一直用了10个小时，这个夹缝终于灌平了。大家一起把朱满江拽上来，一松手，他就软瘫在地上，嘴唇发青，脸色煞白，他的力气早已经在漫长的拼搏中用尽了。

田风奎把朱满江抱在怀里，他感到朱满江的身子冰凉得吓人，胸前背后到处是被钢筋的铁丝划扎出的一个个小血口，还在向外渗着血。

经过艰苦奋战，4个闸墩终于全部完工了。闸墩是分水枢纽的核心部分，也是施工工艺中最复杂的一部分。

第二天，师施工办来电话催着拆模。

王副军长、师团首长、工程技术人员全到了现场。

专家们用仪器在闸墩上测量着，然后报着："闸槽合格！""垂直度合格！""灌注合格！"……

首长和总工程师顺利地在验收单上签了名："好，好！完全符合标准！"

王副军长说："明天召开现场会！"

11月中旬的一天晚上，营部通讯员突然送来通知："根据当地气象台站广播，今日24时有寒流，各单位要迅速做好工程防冻工作。"

田风奎听了心里一沉：这几天全连上下加班加点，就是为了确保质量，把消力池灌注赶在上冻前完工。谁知刚刚灌完，到底还是赶上了寒流。如果一冻，消力池就全完了。

李晓光提议："老田，开个支委会吧。"

田风奎也说："开吧，战士们灌注消力池苦战了33个小时了，回来的路上他们累得像散了架。现在刚躺下一个多小时，被也就刚暖热呀。再把战士们拉起来去防冻，真是于心不忍。"

李晓光看着田风奎说："不行，现在时间紧，只有四五个小时了，人少了完不成任务。再说防冻关系质量，可不能马虎从事。老田，下决心吧！"

田风奎一拍桌子："全连紧急集合！"

大家不顾疲劳困乏，跑步来到工地，争分夺秒地奋战了3个小时，把5000多条草袋厚厚地盖在了消力池上。

大年初一，全连锣鼓喧天，大放鞭炮。木板房的门框上贴上了大红的春联：

南征北战处处无家处处家；
劈山引水山山难通山山通。
横批：引滦入津

三、 保障与供应

- 董长锋说："好的，今天晚上我们就加工，明天上午10时请你们去拉，边加工边拉，急用的先拉。"

- 杜县长说："这个数字已经不小了，可是比起天津10亿方水为天津创造的400个亿，这又算得了什么呢？天津在我们的经济生活中何等重要啊！"

- 王海印说："我们当炊事员的，就是希望同志们多吃饭，吃好饭，好有力气完成引滦入津工程。"

识图员严把材料质量关

1982年5月,引滦入津工程全线开工。识图员董长锋发现横河段明挖埋管的钢筋设计图上,有5个型号的钢筋设计没有考虑到使用时的连接问题。

董长锋负责全师的施工材料加工工作,钢筋、木材、钢件3个加工厂,从识图下料,到成品下发,都由他一个人管理。

施工,一刻也离不开董长锋,图纸是上级定的,识图员照办就可以,但董长锋却经常给上边发下来的图纸提修改意见。

这次,董长锋指着堆在工地上的钢筋,对来检查工作的人温和地说:"这种钢筋的设计有问题。"

有的工程师皱起了眉头,他们都看着董长锋。

董长锋说:"由于钢筋设计的误差,两头的弯度、角度都不符合施工实际,编筋连接很困难,还会影响灌注后的抗拉抗压强度。"

说到这里,董长锋建议说:"22号钢筋根本无法使用。是不是把图纸改一改?"

在场的技术人员有的脸上挂不住了,便问董长锋:"你是哪个单位的?"

董长锋说:"我是工兵营的,负责材料加工厂的加工工作。"

有人接着问:"你是干部吗?"

董长锋平静地说:"不,我是战士,识图员。"

这时,技术人员说:"我们的图纸是经过审核和校正的,不会有什么问题。"

正在这时,负责明挖段施工的蒋副团长来了。他了解了一下情况,就对那几位工程指挥部的技术人员说:"同志,确实有问题,下午编钢筋的时候你们看看就知道了。"

下午,工地上人们眼睁睁地看着这堆钢筋无法使用,一时大家都着急地议论起来。指挥部的工程师看到这些情况,便答应更改图纸。一位工程师还笑着对董长锋说:"呀,你这个小识图员还真可以呢!"

工程科的李科长对更改图纸的问题,虽然表示支持董长锋,但李科长问:"你老改,到底有没有把握?这可是科学啊!"

董长锋说:"科长,既然我们发现了问题,就应该有提出问题的权利。"

1981年10月,部队开始动员退伍。这时,董长锋的未婚妻小秦来信了。她要董长锋立刻作出抉择:回来,她可以托人替他找个工作,或者顶替她父亲的工作;不回来,两个人就吹!

董长锋和小秦是中学同班同学,从小青梅竹马。当董长锋报名参军,批准入伍的时候,小秦大大方方地来到董长锋家,把终身大事向全家人讲清楚了。

董长锋入伍后,两个人保持书信来往,感情越来越浓厚。

1978年董长锋入伍后,小秦考上了农业专科学校,毕业后到区政府当了干部。

是走还是留呢?董长锋的心里如同开了锅一样。

这时,部队要开赴引滦入津工程,教导员找董长锋谈话:"小董,你今年不能走,咱们营只有你干过识图工作,一上工地全营的施工就靠你了。你有意见吗?"

董长锋当时就果断地回答:"没意见!"

当董长锋踏上引滦工地的时候,小秦的绝情信也来了!这时,董长锋心里的负担却没有那么重了,他觉得自己仿佛已经越过了一道坎,只感到一种豪情在胸中澎湃着。

董长锋深深地懂得:自己的责任就是消除误差,一是一,二是二,引滦入津工程是百年大计,万万马虎不得。

有一次,董长锋发现钢支架底梁长度不够,他立刻就跑到了工地。当时主管的人不在,谁也不肯做主。但100多根槽钢就是一万多元,这怎么了得?

董长锋接着就找工程科,正好丁副参谋长在那里,他听了董长锋的汇报后,给蒋副团长和杨工程师打了电话。董长锋这才找到主事的人,把问题解决了。

得到领导的支持,董长锋越干心里越痛快。这时他思考着:"三边"工程图纸变更频繁,矛盾也越来越多,图纸变,加工材料变,加工时间变,能不能把变化压缩到最低限度?

有一次,加工钢筋的工作已经开始了,但又接到了变更的通知,电话中说:"因为使用地段超挖,需要增加钢筋长度。"

董长锋立即向营长汇报,营长说:"快告诉加工连。"

加工连的连长被接连不断的变更折腾烦了,这次听董长锋说又要改图纸,他一下就急了:"什么?又要改?谁错了谁加工,我们不管了!"

董长锋说:"连长,你听我说……"

连长不听,他打断了董长锋说:"小董,我并不是跟你过不去,我真弄不明白,为什么拿我们的劳动不当回事,老是这么折腾我们,为什么要没完没了地改?"

董长锋还要解释,营长来了,他说:"连长,你不要跟小董发脾气。他是代表营里工作的。错了,可以提意见,但通知要改的,就要改。我们不能眼看着施工受损失,你说对吧?"

连长也不管心里想通没想通,他打了个敬礼就走了。

为加工图纸问题,三个加工厂的意见都不小。

还有一次,要把木三角改为铁三角,从木工厂变到了钢件厂。负责钢件厂的连长很不高兴,因此并没有理会。

董长锋怕他没有落实,晚上又去检查,到工厂一看,他们根本没有做，董长锋就问连长："怎么还没有做？"

连长反问道："谁说要加工？"

董长锋说："我不是说了吗？"

连长微微一笑说："你？"

董长锋说："我，我是负责的。"

让一个战士管3个连长，的确是有些难。直到后来，随着董长锋认真负责的行为受到了上级的表彰，渐渐地他也就被公认为营首长的代理人，3个连长才变得服服帖帖的。

有一个老乡来向董长锋说："小董，军校要招生啦，你还不赶快复习功课，准备考试？"

董长锋找到教导员说："教导员，您看，部队院校招生，是不是我也抽上点时间复习一下？"

教导员拉董长锋坐下，然后拍着他的肩膀说："说实话，我的心里也是十分矛盾的。这几天我和营长反复考虑了好多次，决定不让你去报考了。原因很简单，你走了加工厂的工作没人做。半年的实践证明，负责这项工作只有你最合适。"

董长锋没有再说什么，他出了教导员的屋，就奔加工厂去了。

这天，下着倾盆大雨，工地上一片汪洋，可是洞内和埋管地段的施工还在紧张地进行着，急需木料。

雨水冲刷着加工厂房，干木材已经所剩无几，只好全部停机了。

但是，施工没有停，材料成了问题。电话催个不停，汽车排成了长队。到处都在叫："小董！""小董！"

董长锋头上淌着雨水和汗水，两脚沾满了泥沙，他一会儿去洞甲看看，一会儿又去洞外问问"你们需要什么"。他一边问一边记录：

木材、钢筋，一样都不能少。

董长锋皱起了眉头："这可怎么办才好呢？"

按照平常的加工方法，部队施工就要再等两天才行，但停工待料是根本不可能的。

于是，董长锋又冒着大雨，跑了几个分指挥部，进一步核实了材料的需要量，重新调整了加工顺序。

董长锋一边记一边回答对方说："好的，今天晚上我们就加工，明天上午10时请你们去拉，边加工边拉，急用的先拉。"

董长锋追求的只是那一张张图纸是不是精确无误，那一件件器材是不是发挥了最佳效能。

施工以来，董长锋就食不甘味，夜不安寝，仅在用料上就为国家节约了10多万元。

问起董长锋的追求目标，他说：

只愿那滔滔滦河水，滚滚流向天津！

南团汀人为工程实施搬迁

南团汀大队是光荣而又苦难的,它的历史刻在村中老人额头那纵横的皱纹里。

南团河村中有一座"三官庙"。"三官",传说是龙王爷的外甥,管水的。南团汀人为镇火神爷而修了这座庙。那是一座颇为堂皇宽敞的庙宇。

南团汀人引以为自豪的,就是他们最早把这座庙宇改成了学堂。南团汀的学堂在周围出了名,100公里以外的人都有来这里上学的。因此,外面人称个这村是"礼义村"。

清朝的时候这村里出过秀才、举人、进士……就差状元了。

抗日战争时期,这里是游击区。

1943年日本鬼子来这个村"扫荡",一下子掳走了63名无辜的乡亲。有人说送到了日本当苦役,有人说送到东北当了"马鲁太"!最先站到那"扫荡"后的学堂面前的,是两个共产党人,一个是区长王维舟,一个是区委书记赵其田。两个共产党人,带领南团汀人,在那古老的土地上,唱起了令人振奋的歌声:"大刀,向鬼子们的头上砍去。全国爱国的同胞们……"

人们组成了妇救会、儿童团、民兵、老头队,他们扛着土枪，扛着长矛，在区委书记的带领下，偷袭三屯营，把地雷挂到敌人门楼上！民族的文化也绝不容许摧残。被毁坏了的学堂，又重新建起来，区长和群众一起脱土坯，垒"课桌"。

南团汀群众当时接待了多少共产党人、革命者，数也数不清，他们有冀东暴动的组织者，有冀东军工部的"新华队"，有入关南下的大军。

南团汀的群众自己吃糠咽菜，也熬出一锅锅的粥端给人民子弟兵，有玉米的、高粱的、红薯的。

老人们感叹说："那时节，共产党的章程一呼百应啊！"

1947年土改后，区委书记王守训一次动员，南团汀100多青壮年报名参了军，200多户的村庄，平均每两户就送走了一个亲人！

他们披红挂花，在滦河码头登上木船，整整3只木船啊！挂着"南团汀翻身团"横幅的木船，在惊天动地的锣鼓声中，顺着滚滚的滦河南下县城。

他们撇下自己年迈的父母，撇下刚过门的媳妇，撇下新出生的婴儿，投身到斗争队伍中。

1983年3月1日，县委苗望贺书记和杜县长带着工作队进村的时候，在南团汀两个非党员群众威信最高，一个是大队长吴月生，一个是副大队长吴万年。

县委书记、县长、副县长、妇联主任、宣传部长，走进一座座农舍，像当年土改工作队一样，和社员们交朋友，促膝谈心。

杜县长找到了63岁的吴健英老人，他是个退休教员。他身上也留着历史的创伤，他的哥哥是中国香港东南亚基督教总干事。

杜县长没有宣传引滦工程的伟大意义，这些老党员吴健英都清楚。他讲起了南团汀人民为国家作出的牺牲，他说："2000亩山岚，3000亩良田，1.3万棵板栗树，还有搬不走的码头、渠坝、农田基本建设……"

杜县长接着说："可是，比起全县的牺牲，这还是个小数，全迁西县每年作出的牺牲整整1000万元！这个数字已经不小了，可是比起天津10亿方水为天津创造的400个亿，这又算得了什么呢？天津在我们的经济生活中何等重要啊！全国每10只手表里就有一只是天津的，每10台拖拉机里就有一台是天津的，每7辆自行车里就有一辆是天津的，每4个人里就有一个人用的碱是天津的，天津的金牌产品就有50多种！你吴健英老人家屋里的闹钟、暖壶、自行车、手表，身上的衣帽、鞋、袜，总少不了几样天津货吧！"

1979年，南团汀几十户社员已经同意报名搬迁到辽宁"上大洼"农场。他们去了，结果那里冷冷清清，炕没烧，窗没糊，不像干部们讲的那么"热烈""舒适"，他们几十户社员，又冒着风雪从"上大洼"跑回来了，故土难离啊！

眼前，老人看着文件，心里想的是他们将迁往的300

公里外的乐亭县，那里环境是什么样子？那里新房盖得如何？

杜县长知道了老人的心思，一个电话，派县文化馆馆长，背上照相机，到 300 公里外的新居，把新房的里里外外、门门窗窗、梁梁檩檩，还有乐亭县人民已经为他们准备好的稻田、水渠，拍了个详详细细。

杜县长一声吆喝"开会喽"，就在"三官庙"联中的操场上，在那块具有革命传统的圣地上，办起了一个别致的展览，杜县长亲自当讲解员。

随后，县里派出 5 辆大轿车，一辆"小面包"，载上 190 名南团汀人，直奔乐亭新村。吴健英老人就和杜县长坐在"小面包"里。

南团汀人在新居里看到，镶得好好的明净瓦亮的玻璃，看到了安得平平稳稳的锅灶，看到了已经装好的电灯，看到了上级派人烧得干烘烘的热炕，看到了房前打好的机井……就连房子设计也是按南团汀人传统的四梁八柱，"柱脚"抵到地基。

这些，都是县委苗书记专门向建筑队交代的！

乡亲们吃了定心丸，从 300 公里外赶回来了。吴健英老人回家的第一句话就是："杜县长没说谎，都是真的！"政策，是看得见摸得着的啊！群众看到了，真正代表他们利益的还是共产党。

就在这天晚上，杜县长参加了吴健英一家的"三代同堂"家庭会。

远在海外的吴健增也写来了信,他说:

二弟、弟妹:

你们全家好。村子搬迁的事,也始终在我心中思想着,既然县通知下来,我看这是到了落实的阶段了。祖德千年远,宗功万世长。

按传统的老想法,恐怕大家心理上有难处,难免有些舍不得离开的意思。

但这是一件大事,总要明白全局,拿出牺牲小我,成全大我的精神。我们家乡是可爱的家乡,我们祖居多年,祖先白骨要泡在水里,心里难免不好受,我希望你们要放开胸怀,看见故乡将来的新面貌,正如你们以前告诉我的,要变成北国的西湖一样。同时也要带领别人,不但无怨言,还要同甘共苦地努力以赴……

吴健英老人说:"无论如何,咱别给国家为难了,前些年,国家伤了元气,如今能做到这样就不容易了。国家体谅咱,咱也得体谅国家。咱们走,给天津通水让路……"

一个初夏的早上,吴健英老人来到村外的坟场,这里已经是一片果园了。他的父亲、祖父、曾祖父……都埋在了这片土地上。

也许因为这样,这一片土地才如此肥沃。不久,这一切都将被库水淹没，永远地淹没了。那祖祖辈辈的酸甜苦辣、喜怒哀乐、挣扎和希望、苦难和欢乐，以及那几百年来留下的一切生活痕迹，都将永远沉没在水平线下了！

老人按着中华民族传统的礼俗，向着这片土地长跪下去，滴滴泪水洒上了这片热土……

远迁他乡，别离故土，那算不了什么，那些古老的习俗和传统不会因此而丢失……

乐亭，已脱出燕山山麓，是一片辽阔的平原。车进入乐亭境地，就会见到路两边的墙壁、树木上贴着一些醒目的标语：

热烈欢迎迁西、宽城迁建移民来乐亭安家落户！……向为引滦作出贡献的搬迁移民学习、致敬！

沿途还设有水站，供搬迁的社员小憩。一路上，不时能看到满载家具、木料、猪羊鸡的汽车向前行驶。

李大钊的家乡就在乐亭县的大黑坨村，李大钊的故居已经改为纪念馆，是一座四合院。李大钊爱人的织布机还保存在那里。

南团汀新村坐落在离海边不远的地方，一排排整齐的新房，衬映在无边的葱绿的稻田之中。墙壁上张贴着令人心里发热的标语："听党话，跟党走！""欢迎第二批战友的到来!"

南团汀人出于对故土的依恋,把村名也带来了,现在是乐亭县南团汀大队。

伴着新村的落成,这里也办起了商店、饭馆和各种服务行业。推土机作业的地方,正在为新村修一所学校。村前有清清的池水,那是未来的养鱼塘。迁西县拆迁办公室的赵端增告诉村民们:"县里最近又帮大队买了两台拖拉机,还要帮助他们建两个小工厂,一个造纸厂,一个纸盒厂。"

吴健英老人的新居里,老两口正坐在宽敞的炕上吃点心。

吴健英对大家讲起了他的感受。他患有气管炎,一边讲,一边不住地喘息:"这不说吗,自打这,党的政策有人情味儿,对人关心。昨天,我去看咱南团汀的老祖吴崇山。他辈大,拄着双拐把我拉到饭店,抽出钱往桌上一放,'你吃什么菜就要吧……'我们4个老头,喝了两瓶子酒。边喝边说,'咋叫为四化出力呢?咱们这么来了,就是为四化。为了天津通水,上级说,南团汀你走吧,这就是党中央的召唤!'要不然,咋叫和党中央保持一致呢……我对儿子吴万年说,今后咱一句话,跟党走!"

吴健英家的墙上有一幅彩色照片:在一座坟头旁,聚集着老少40多口。吴健英说:"那是我哥们4个3代人。"老人说着,又指着相片上一位身穿西装的老人,

"这就是我大哥吴健增。快 70 了,出去 50 年了!他是 1933 年 5 月 15 日走的,跟着宋哲元将军……后来就到了中国香港。要不是现在的政策,我们老哥们到现在也见不上面!"老人说着,从抽屉里找出几封来信。读来,都是催人泪下的:

健英二弟:

我将于 6 月 1 日(星期五)下午 14 时半搭乘翼翔船由中国香港到广州,即赴广州白云机场,于 18 时 45 分起飞,21 时左右到达北京机场,希望你当日赶到北京……

整整 45 年,漂流在外,终于要骨肉团聚了,我不知这是真是假,手中拿着船票、机票,仍亦幻亦真,临笔涕泣,手震不能成书,千言万语,让我们会面时昼夜畅谈吧。即祝全家平安快乐!

愚兄健增

二弟:

接读你 5 月 9 日的来信已是 5 月 17 日,想必已搬到乐亭的新居了。

照传统的说法,应该贺你乔迁之喜,我想象中的新村,是一大片大小一样的新盖的平房,挺干净的,挺不错的,也许前后院不大,也许比我们祖先留下来的房子要好些；最起码没有地震之后墙壁歪斜倒塌之虞！

一种怀旧怀乡的伤感也许时或涌上心头，南团汀在我们的一生中的记忆中，不知有多少可歌可泣的往事，一直保留在我们的脑海里，你的心情是可以理解的！但时代的变迁，国家的进步，加上我们几十年的春花秋月，直到我们回头望一望从儿时起所走过的地方，世间的事物都是在变动着的！

如果从变动的事物中看出积极的意义，就不至于消极伤感了。记得我在1979年首次还乡时，我们在丰乐县下火车，我听见车站上人的口音，唤起儿时所熟悉的乡音，无比亲切，而且这种感受，在北京，在东北，在许多地方都体验过！所以，我的老家，不只是南团汀，它包括迁西、华北、东北，乃至全中国，都是我的家乡……

吴健英老人沉默了许久，脸上展开笑容："现在我大哥他年年都回来。今年又要回来。上次苗书记来说，你让他稻子黄了的时候回来吧……"

炊事班长奋战在工地上

1981年底的一天，王海印迎着纷纷扬扬的雪花，跨进了连部的房门。

王海印庄重地说："报告，咱们连快要执行施工任务了，战士们要出大力流大汗，可是，眼下炊事班的工作老上不去，我心里实在着急！想来想去，我决定毛遂自荐到炊事班里当班长，请支部考虑我的请求。"

王海印是河北临漳县人，父亲从小就教导他："做人，不能事事光想着自己，要时时惦记着别人，世上什么东西最贵？一不是金子，二不是银子，是人品。"

王海印参军时，父亲又嘱咐他："一片树叶有向阳的一面，也有背阴的一面，你到了部队上，要跟那些好样的学。有累活和苦差事要抢在前边，省得让后边的同志们戳脊梁骨。"

现在，指导员陈金龙看到王海印那着急的样子，就让过一只凳子，递给他一杯热茶，然后对王海印说："坐下谈，坐下谈嘛。"

这些日子，连长海兴禄也正和指导员为物色新的炊事班长而费心思呢。现在，王海印这样自告奋勇找上门来，海兴禄心里感到很高兴。

但海兴禄却故意说："你放着好好的文书兼军械员不

当,却自荐去当炊事班长,这是唱的哪一出啊?"

王海印说:"连长你想想看,咱们连的炊事班6年竟然换了5个班长,这几年连里的工作就是因为炊事班拉后腿,咱们就一直评不上先进党支部。再说,原任班长已经退伍离队了,那里的担子重,我作为一名党员,应该去挑这个重任,而且,这样也利于培养新选上来的文书兼军械员。"

连长和指导员相视一笑,指导员对王海印说:"你这种求战的心情我和连长都能理解。俗话说,炊事班的伙食是连队的'半个指导员'嘛,老班长一离队,确实需要有一把硬手去接替他的工作。可是小王你想过没有,炊事班工作要比你干文书一脏二累三琐碎。常言道'一人难称百人心',有些人认为'炊事员是伺候人的活',可你……我说这些并不是不信任你,而是让你好好掂量掂量。"

连长说:"指导员这话说得很实在,现在有些同志工作挑肥拣瘦,说当炊事员丢脸,你毛遂自荐真是难能可贵。可是,军中无戏言,你可要认真考虑一下。"

王海印说:"不,我早就考虑好了。现在我就交出我的'军令状'。"说着,王海印从上衣口袋里掏出一张叠得整整齐齐、上面用工整的字迹写好的信笺,双手交到连长面前。

王海印坚定地说:"我到职后,保证3个月改变炊事班的面貌,如果3个月后面貌依旧,那就请党支部撤销我的班长职务，下到班里当战士。"

指导员上前拍着王海印的肩膀说："海印同志，我从心眼里感激你能为连队分忧。共产党员就应该是这个样子，无论在什么情况下都要抢困难、挑重担。我代表党支部收下你的'军令状'，晚上开过支委会后，就马上上报营党委下命令。"

王海印一下高兴了："感谢组织的信任。"

连长也笑了："看把你高兴得那个劲儿。不过，我可告诉你，只准演'借东风'，可千万不能唱'失街亭'啊。"

王海印刚到炊事班的时候，对烧火做饭的确是个外行。但他坚信连长对他说的："凡事开头难，踢开前三脚就好了。"

每当老炊事员烧火的时候，王海印就主动上前"打下手"，反复琢磨火旺又节约煤的诀窍，他还动手改进了炉灶。

老炊事员和面用碱的时候，王海印先站在一边学习，注意操作要领。看清门道后，一个月他就能用面粉制作出20多种主食的新花样了。

王海印发现择菜、切菜工作量大，他就尽量把这个差事揽下来。早饭、午饭后，大家都有一段休息时间，但王海印利用这个时间择菜、切菜，当大家都来上班的时候，他已经把菜都切好了。

王海印在学习炒菜时，总是请大家在旁边评论指导。

这样不久以后，王海印就把墩、案、灶、勺的一般技术都学会了。

王海印听说后勤处炊事班长田长富能用西葫芦、辣椒、茄子、黄瓜、豆角做成五六十种好菜，颇受大家的欢迎。他就几次到田长富那里拜师学艺，向田长富讨教，学会了这些菜肴的配制和烹饪技巧。

王海印听说《大众菜谱》专讲做菜的技巧，他就自己掏钱把这本书买来，一个一个地试着做。

战士们都说："从王海印当上炊事班长以后，这饭菜吃着味道出奇地好。"

王海印还仔细调查，弄清了全连战士来自11个省、市、自治区，有多个民族。他们的生活习惯不一样，口味也各不相同。

在主食上，全连26个人爱吃大米，48个人爱吃面食，另外的人两样都爱吃。针对这种情况，王海印就和全班商量，做到每顿饭主食都不单一。

在副食上，全连有36个人爱吃酸的，他们多是从山西来的；还有45个人爱吃辣的，他们多是从四川和湖南来的；而绝大部分人都爱吃甜的。另外，有4个人不吃猪肉，而来自山东的战士特别爱吃大葱。

王海印掌握了这些数据之后，他高兴得半夜都没睡着觉。第二天，他就和炊事班的同志们动手做了一个口味柜，他亲自到县城里买来上好的酱油、老醋、辣椒面、花椒粉、豆瓣酱、细盐、大葱、大蒜，分别放在柜子里，让战士们进餐的时候能够根据需要，自行选用。

在王海印和炊事班的共同努力下，连队的伙食出现了惊人的起色：每天主食不重样，副食是四菜一汤，四菜两荤两素。

另外，每周搞两次小会餐，少数民族的战士吃上了"小灶"，并且做到费用不超支，月月有节余。

战士们在高兴之余，充分肯定了炊事班的功劳。

王海印也听到有人说："咱们吃得这么好，炊事员们恐怕比咱们吃得还要好吧？"

王海印于是实行了"伙食公开"，每天给战士开齐饭后，炊事员和大家一块用餐，于是这种议论很快就平息了。

战士们给炊事班编了一首打油诗：

> 进食堂哼小曲，出食堂打饱嗝！
> 身上长了肉，施工有了劲！
> 班长王海印，真有"婆婆心"！

王海印听了，他笑着说："我离'婆婆心'还远哩。再说，这些都是我应该做的。还有好多应该做的，我还没有做到呢。我们当炊事员的，就是希望同志们多吃饭，吃好饭，好有力气完成引滦入津工程。"

1983年1月21日，王海印所在部队的领导机关召开现场会，向100多个伙食单位介绍王海印班的先进事迹。

师部授予王海印"模范炊事班长"称号,并为他记了二等功;全班7个人都受到了表彰,被评为"模范炊事班",并荣立了集体一等功。

在引滦入津工程中,三班副班长项顺兴一心扑到施工中。

这天,当项顺兴风尘仆仆地从工地回来,刚要坐下吃饭的时候,王海印端着一碗香气四溢的鸡蛋面走到项顺兴跟前,对他说:"三班副,我们做了一碗荷包鸡蛋面,祝贺你的生日。祝贺你在新的一年里,施工顺利,身体健康!"

项顺兴激动地接过这碗面,他说话的声音都有些发颤了:"班长,谢谢你和全班同志的这份盛情。你要是不提,我还真的忘了今天是我的生日哩!我不但要吃下这碗面,还要力争和你一样,立个二等功。"

一句话说得大家都笑了。

新战士孟一兵刚参军不久就是他的生日。

这天,王海印笑着把一碗肉丝面送到孟一兵的面前。

孟一兵好奇地问道:"班长,这是干啥?"

王海印笑着说:"小鬼,今天是你的生日嘛,吃了面,你又长一岁了,掘进速度一定比以前更快!你们河南人过生日,不是喜欢吃上一顿肉丝面吗?"

孟一兵两眼笑得都成了一条缝了,他说:"对!真不怪大家都说你有颗'婆婆心'。不过,我得给班长提条意见:大家都吃胖了,你却累瘦了,照这样下去,我得到连长、指导员那儿告你的状。"

炊事员这个在某些人看来最平凡、最卑微的工作，王海印却觉得它最有意义。王海印自豪地说："如果部队需要，我就是再干他5年、10年，甚至干一辈子炊事员也愿意。"

王海印在他的日记中写道：

> 在工作中取得一点成绩，得到一点荣誉，并不是征战的结束。相反，这正是为共产主义而献身的开始。因为，我是个共产党员。

外科护士到工地行医

1982年2月,外科护士郝家华随引滦入津工程来到施工前线。

郝家华是主班护士,他的职责是:打针、发药、输液、量体温、脉搏、血压、吸痰、给氧……这些工作有时一天要反复三至四次。

郝家华生来命苦,3岁的时候父母就离了婚。不久,父亲又给郝家华娶了继母,从此他就没有得到过真正的母爱。

郝家华只上了两个月小学就被迫离开了学校。1968年,他刚够入伍年龄,就满怀着希望到公社去报名。但经过体检,身高不够标准。

郝家华并没有灰心,第二年他又去报了名,但还是身高不够。一连3年都是如此。

第四年,身高算是过关了,可医生又说郝家华的身体有点毛病。公社武装部长和大队书记都急坏了,他们和接兵的人说:"这孩子很苦,你们不带他走,就一个兵也别想带走!"

就这样,郝家华终于穿上了军装。临走时,乡亲们都来为他送行,大家对他说:"家华,到了部队上可得好好干呀。"郝家华说:"放心吧,我决不会给乡亲们丢脸的。"

到了部队，郝家华就把部队当成了家，把战友当成了兄弟姐妹。他扑下身子，埋头学习护理知识。3年后，郝家华加入了中国共产党，又过了3个月，他被提为护士。

1982年2月，医院随大部队来到引滦入津工地，在火车站卸医疗设备，三百多公斤重的箱子要卸下来，再搬到汽车上。

当时，郝家华由于用力过猛，一下把腰给扭了。

郝家华当时并没有太当回事，可后来腰疼得一天比一天严重，有时弯腰时间长了，连直直腰都钻心地疼，但郝家华还是咬牙坚持着。

直到年底，郝家华才去拍了片子，经一位老骨科大夫诊断说："你第五腰椎峡部挤压骨折，这个部位的骨折不能够再愈合了，今后要特别注意节劳。"

这样，郝家华被定为三等甲级残废。但是，郝家华并没有要求换个轻闲的工作，他仍然像一个健康人一样工作着，甚至做得更多更好。

就在郝家华的妻子女儿先后因病住院，他自己的腰伤疼得最厉害的时候，外科病房里住进了一个双手手指开放性骨折的小战士王堂。而且王堂头皮撕裂、脑震荡，伤势比较严重。

第二天一大早，郝家华就来到王堂床前，给他打来了洗脸水，一把一把地给王堂洗了脸。

王堂要刷牙,可又端不住水杯。郝家华就把牙膏挤好,他端着水杯,王堂漱一口,郝家华就喂一口水。刷完牙,郝家华又去给王堂打来早饭,一勺一勺地喂,一顿饭喂了20分钟。这时,郝家华自己还没有吃早饭。

晚上,郝家华不等王堂睡下,就又把热水端到王堂床前,对他说:"小王,来,烫烫脚。"郝家华蹲在王堂的床边,他先用手试试水温,等不烫手了,才让王堂洗脚。

王堂看着郝家华在床下擦洗,他含着眼泪说:"郝护士,我们干活累,你们干活脏啊。"

在郝家华的精心护理下,王堂很快就伤愈出院了。

临出院的时候,王堂没有见到郝家华,他对医生和护士们说:"我住院一个多月,郝护士待我真比亲哥哥还亲啊。"

郝家华曾说过:"我是个护士,是做这工作的,自己家里人病了,不也得护理好吗?"

但是,郝家华的妻子李桂芝患有风湿性病以及体质弱,感冒一次就加重一次;女儿小艳也免不了经常生病,一发烧就是39度多,可郝家华却没有亲自护理过几次。

护理工作,有人认为是低贱的、卑微的,甚至有些未婚男女都不愿意找个整天伺候人的护士。

在引滦入津的工地医院里,一排绿色的帐篷,郝家华在这里护理着20多位被砸伤的战士。

人在伤病的时候,失去了正常生活的节奏,往往比健康的人更容易生气烦躁。而调理舒畅愉快的心情，比单纯的药物治疗更为有效。

这就要求护士们能够及时替伤员解除烦忧。

这一天，郝家华像往常一样走进病房巡视。当他走到入院不久的山东籍战士李富海床前的时候，他就看出，今天李富海的情绪不大对头。

李富海在施工中不小心摔伤了，膝关节积血，腿肿得厉害。李富海担心治不好落下残废，思想压力很大。

李富海住进来的这几天，郝家华每天给他送饭送水，端屎端尿，一闲下来就做李富海的思想工作。李富海的情绪渐渐平静下来了。

这时，郝家华坐在李富海的床前，低下头检查他的伤腿，郝家华发现，肿胀的膝部已经平复得多了。

郝家华问："小李，腿还疼吗？"

李富海说："不，不疼。"

郝家华又问："想家了吧？"

李富海回答："没有。"

郝家华笑着说："小李，你有什么想法，跟我说说，我帮你分析分析。"

李富海沉默不语了。

郝家华也不再追问了，他知道，要想接近病员，就是要把他们当做亲兄弟一样看待，而不要单纯地把他们当成病人。

郝家华就和李富海拉起了家常，这才知道，李富海的父亲和姐姐都是外科医生，李富海想把负伤的消息告诉他们，让他们来一趟。

郝家华说："小李，你的伤已经快好了。你现在把负伤的事告诉家里，就会让他们操心。他们千里迢迢来看你，不但经济上增加了负担，就是来了对你的病情好转也不会起多大作用。"

郝家华停顿了一下，接着说："再说，膝关节积血也不是多么严重的伤，咱们医院完全可以治好的。我看，你不如等伤好了再写信告诉家里，省得家里人为你担心。"

郝家华一番入情入理的话，说得李富海不停地点头。从此，李富海逢人便说："医生治好了我的腿病，而郝护士却治好了我的心病。"

外科病房其他伤员也都说："郝护士好，郝护士真是好护士。"

有一天，郝家华听说18岁的新战士小王怕打针，一打针就掉眼泪。现在又该给小王打针了，郝家华决定自己试试。

郝家华一边整理针药，一边和小王拉起了家常。

郝家华问小王："小王，家是哪儿的呀？"

小王说："北京石景山区。"

郝家华接着问："家里还有什么人？"

小王回答："还有父母、姐姐、哥哥，还有奶奶。"

郝家华用右手迅速进针，然后慢慢均匀地轻推针管。

嘴里却不停:"你是老几呀?"

"是最小的。"

"哟,是个老疙瘩呀!"

"嘿……"

这时郝家华说:"行了,起来吧!"

小王一愣:"完了?"

郝家华笑着说:"完了。"

小王不相信地摸摸:"怎么还没觉得疼就打完了?"

这次,小王没有因为打针再掉眼泪,而是笑着走的。而且逢人就说:"郝护士打针不疼,真的,一点也不疼。"

早饭前是晨间护理,郝家华给伤员打来洗脸水,然后就扫铺,叠被子,重伤病员还要帮助起床穿衣。

午后,郝家华督促伤员起床,然后又是扫铺、叠被、穿衣。

晚上,郝家华给重伤员打来洗脚水,一把一把地为他们擦洗。

伤员有要上厕所的,郝家华就搀扶着他们去;伤病员有腰腿部负伤的,郝家华干脆就把他们背到厕所;伤员有的坐不住,郝家华就在旁边扶着。

郝家华作为一个主班护士,他不单做这些,而且有时该卫生员做的他也做。

别人都是等便器满了再倒,而郝家华只要看到便器里有尿就去倒掉。

住院时间短的床位床单可以不用换洗,但郝家华只要看到床单脏了就换下来，然后拿出去洗干净。

哪个伤员的衣服脏了，只要跟郝家华说一声，第二天，洗得干干净净、叠得整整齐齐的军衣就会送到那个伤员床前。

郝家华抱定了一个目标，一个信念：

> 外科病房就是我的战场，伤病员就是我的亲兄弟，我的责任就是让他们尽快恢复健康。我在这个战场上奋力拼搏，如同一个本分的农民精心对待自己珍爱的土地一样。

四、贯通与供水

- 崔治风自豪地说:"我们的战士是可爱的,在高强度的工程任务下,战士们都保持了军人应有的顽强精神和不怕吃苦的意志。"

- 中央军委发布命令:号召全军指战员学习他们为民造福、为四化作贡献的崇高精神……

整个工程全线贯通

1983年9月5日,地处河北省的潘家口水库、大黑汀水库依次提闸放水,滦河水飞流直下,穿过约12.4公里的隧洞,向天津城奔去。

9月11日,天津城里的百姓拧开自来水龙头,霎时间,群众看到,清澈甘甜的滦河水源源流出,喜悦写在他们的脸上,此时的茶香沁人心脾。

滦水静静地流淌,穿隧洞,过黎河,经明渠,入津城,日日夜夜,年年岁岁,不曾歇息。

而它的守护者,1000多名引滦职工,不负全市人民的重托与期望,扎根、献身引滦,精心管理着这条不断的"生命线"。

引滦入津工程是1981年冬天开始兴建的,原定1985年通水。但是,由于北方连续干旱,天津用水日趋紧张,曾耗费巨资由黄河临时引水以解燃眉之急,因此,引滦入津工程中诸项工程加快了建设步伐。

1981年2月1日,水电部受国务院委托,在天津市召开引滦入津通水协调会议,确定了奋斗目标:

1981年7月动工,1983年8月试水,10月1日通水。

引滦入津工程是从潘家口水库引水，穿燕山山脉，使滦河水输入天津，全长234公里，包括隧洞、泵站、明渠、桥闸等工程113项。

引水工程的关键是凿通一条长9690米的引水隧洞。隧洞高6.25米，宽5.7米，是中国最长的一条引水隧洞。

经过全体建设者的努力，引滦入津工程从全线正式开工到实现通水，仅用了16个月的时间，比国家提出的1985年通水的要求提前两年，比天津市原来确定的1983年底通水的目标提前4个月。

滦水长，滦水流，驱走了寂寥，带去了引滦人对天津人民的浓浓深情。

1983年9月11日，当清清的滦河水流入津门的那一刻，天津沸腾了，多少盼水的人泪如雨下，多少盼水的人彻夜难眠。

从此，天津结束了无可靠地面水源的历史，每年引滦有了近10亿立方米生活、生产用水。天津的发展，翻开了新的一页。

参加引滦工程的驻津野战军某师政治部主任崔治风自豪地说：

> 我们的战士是可爱的，在高强度的工程任务下，战士们都保持了军人应有的顽强精神和不怕吃苦的意志。

当时许多前来采访的新闻记者，看到我们战士开通的隧道质量和进度，都感到不可思议，以为我们是专业的工程兵部队。

实际上，战士们是靠一种奉献精神做到了常人想象不到的事情。在隧道贯通之后，各个连队的指挥员，又向师部请战，没顾得上休整，又投入到引滦工程的地面工程，这就是我们的解放军战士。

军委表彰参战部队

1983年8月19日,中央军委发布命令,对参加引滦入津工程建设作出重要贡献的部队给予表彰:

号召全军指战员学习他们为民造福、为四化作贡献的崇高精神;学习他们勇挑重担,敢打硬仗的顽强作风;学习他们解放思想,实事求是,勇于创新的科学态度;学习他们互相支援,团结协作的高尚风格。

铁道兵某师和陆军某师主动承担了项最艰巨的任务。他们于1981年11月从4省区两市的200多个施工、训练点上,急赴河北省迁西县景忠山下。仅用4个月的时间,就在冰天雪地里完成了全部斜井开挖和主洞掘进的准备工作。

1982年5月21日,正式开挖主洞。广大指战员在隧洞开挖中,发扬革命精神和战斗作风,涌现出许多可歌可泣的动人事迹。

施工部队有3500多人主动推迟婚期、假期,2100多人探亲提前归队,6100多人带病带伤坚持施工,107人受伤致残,17人为工程献出了宝贵的生命。引滦工程是现代化的大型水利工程，工艺复杂，作业难度大，技术、质量要求高。施工中又有大批车辆和机械投入作业，对科学管理也提出了很高的要求。

担负7号洞主攻任务的七连，是中央军委命名的"唐山抗震救灾抢修先锋连"。当他们风尘仆仆地赶到迁西时，施工机械还没有运到。

全连干部战士挽起裤腿跳进水里，一边用盆舀水，一边清除淤泥。破碎的冰块扎破了手脚，划出了条条血痕，战士们咬紧牙关，不叫苦也不叫累。

机械运来后一时不够用，他们不等不靠，采取机械和人工同时施工的方法，经过57个昼夜，共清除斜井洞口的烂泥土石6000多立方米，开挖出了一条90多米长的斜井。

1982年5月11日，部队正式开挖主洞。

某师是野战部队，搞大型水利工程建设，缺少技术力量，也缺乏组织经验。

师、团机关都办起了工程技术讲座，请地方专家、工程师任教，先后培养了各类技术骨干近7000名，其中经过考核领取技术证书的5158人，逐渐形成了一支自己的技术骨干队伍。

在开凿隧洞的施工过程中，该师先后推广了全断面掘进、光面爆破、锚杆支护、钢代木、喷射混凝土等16种先进的技术和方法，这加快了速度，提高了质量，保障了安全。

广大指战员在掌握先进技术的基础上，大胆改革创新，先后革新技术86项。同时，通过科学管理，保证了施工的安全。

在4.5公里长的隧洞和5.5公里长的施工线上，每天有几十个作业队昼夜施工，9000多人进出隧洞，2000多部机械轮番作业，200多台车辆穿梭运行，每天要放100多炮，都没有发生重大事故。

在整个施工过程中，施工部队的各级领导干部都坚持做到"组织指挥、政治工作、技术力量、器材保障、生活服务在第一线"。

部队承担引滦入津隧洞等工程项目的建设速度是惊人的，从全线正式开工到建成通水，仅仅用了16个月时间，比国务院计划工期提前两年。各项工程质量均符合设计要求，合格率达100%，并为国家节约投资18.5%。

邓小平为纪念碑题词

1983年9月21日,天津市隆重召开引滦入津工程通水庆功大会,向施工部队的先进单位和个人颁发奖旗和奖状。

在天津市区的海河三岔河口旁,矗立着这样一座雕像,一位年轻的母亲怀抱婴儿,面朝东北方向,翘首企盼。

在母子深情注视的远方:河北省迁西县兴城镇大黑汀村的西侧,同样屹立着一座雕像,一位解放军战士,手持风镐、面朝天津。

这两座雕像相隔250公里,遥遥相望,以表示对挥师引滦,造福人民的人民解放军永志不忘。向人们讲述着驻津部队开凿引滦隧洞的故事。

建造纪念碑是李瑞环提出来的。引滦工程一开始,李瑞环就提出:

这个工程很大,要留点东西,搞纪念碑。

纪念碑作为一个项目,被列入引滦工程的总体计划。最初设想搞三处,后来确定为两处。一处选在工程的前端,在掏山挖隧的地方,竖立高大的战士石雕;一处选在引水工程的尾端，在三岔河口形若半岛的地带建纪念碑。一头一尾，遥相呼应。

历史不会忘记，天津不会忘记，不会忘记当年的那些参加引滦工程的英雄们。

纪念碑的设计方案，是向社会征稿，并得到了广泛的响应。

当80件应征稿集于一堂的时候，文化部门为这些作品举办了展览，请市民们来看，并投下选票。

这之后，由文化部门领导同志和美术家组成评委会，从中选出两件，并建议：

兼取所长，合二为一，综合为一个比较理想的方案。

两件入选作品的作者杨溢、张子英是同事，他们供职于天津市工艺美术研究所。

杨溢谈到自己的创作构思时说："置于引滦工程大山间的战士像，风格粗壮雄浑，市里的雕像则应追求细腻抒情的风格。"

当时，杨溢的应征作品用橡皮泥做成，高30厘米，塑的是城市女子形象，梳着时兴的马尾辫。

张子英的入选稿则用泥捏，对他这位"泥人张"的后人来说，这是得心应手的形式。

张子英说："我去参加征稿动员会，听着动员便来了灵感，对坐在一起的崔洪词说，民间传说中有盼水妈妈，我看就塑个抱孩子的妇女，表示盼水；母亲哺育儿女，水是生命的乳汁。会后没几天，他就将方案做成了。"

高22厘米的泥人，立在三角碑之上。三面体碑柱的创意，一扫方形底座的惯常形式，既能体现时代感，又与三岔河口的特定环境相和谐。

方案既定，两稿合一稿，母子像塑了出来。那是高一米的石膏像，几经修改，得到各方面的认可，才成为定稿。

引滦工程抢时间，纪念碑的建造也是倒计时安排工期。定稿后，杨溢与张子英很快便开始放大样。在工艺美术研究所内做，由于场地条件所限，只好将6米高的放大稿分成3米高的两段，分开搭架，分开塑造。

研究所有20多人助阵，在刘成法所长的带领下，群策群力，进行大体面、大效果的追求。

作为引滦工程雕塑组的工作人员，杨溢全程参与了纪念碑的设计和施工。6米大样完成后，分割为5段，运往曲阳，依样雕石，杨溢前去监造。

杨溢说："这样大的雕塑，其空间摆放位置又很高，创作时追求体积感，雕塑语言尽可能地简练，于大体面、大效果中找变化，以适应室外光线的要求，适合远看。

"整个作品基本上没有线条，初稿表现毛衣领口袖口的花纹，放大样时也省略掉了。这样的追求，在曲阳打石头时遇到了障碍。那时石匠们还很少接触现代雕塑，习惯于雕佛像凿狮子的传统技法，以线条为美。"

为此，杨溢没少与石匠们沟通，解释为什么不能那样做，而要这样做。但是，习惯如一种无形的力量，有时一转身的工夫，又把线条打出来了。

汉白玉不比花岗岩，匠人们用榔头錾子做"减法"，"减"得很快。

所以，杨溢嘴上说着，眼睛还要盯着，直盯了差不多一个月。

这座碑的 18 米高的大理石三角形碑座上，耸立着用汉白玉雕刻的妇女形象。妇女面带慈爱，怀抱婴儿，左手伸掌托天，面向海河，注视水面，似乎在凝思着海河的今昔。

屹立在三岔河口的引滦入津工程纪念碑，通高 24 米，碑柱 18 米，石像 6 米。这一高度，在放气球时是能够测出来的。

那是早春时节，王之江与引滦工程雕塑组的全体人员来到海河边。他们在将有纪念碑拔地而起的地方，升起了直径一米有余的大气球。

然后，一面移动，一面观看。为了得到最佳高度，大家走走停停，进进退退，拴着线的气球也升升降降。最终选定的高度，在狮子林桥西望，高出河畔建筑群三四米。

以这座纪念碑的体量规模，仅说下游方向，这样的高度可以在金钢桥看，也可在稍远的狮子林桥一带观看，都会得到较好的远观效果。

碑柱用钢筋水泥建构，打桩深入地下 10 多米，并有 15 厘米粗的钢管贯通上下，一直通到母子像头部。

王之江说："气象局的同志提醒，三岔河口一带雨季多雷。为此安装了避雷系统，两块避雷用铜片，一块装在雕像头顶，一块装在石雕的手部。为增强装饰性，在碑柱上做了两幅浮雕，图案表现引滦工程的火热场面，及喜迎滦水的情景。"

浮雕作者庄征、崔洪词也是工艺美术研究所的设计人员。在 18 米的高处，将 50 块石头，用石粉调黏合剂，将它们拼装成像，可不是一件轻松的事情。

大家攀脚手架而上，碑柱似乎在不断晃动。杨溢特别敬佩王之江，当时他已 66 岁了，还是不听劝阻地不断往上跑。

王之江认真地说："石像运输中有些部位磕了碰了，拼装时要有补救措施。这马虎不得，我上去，要看着修补好。"

1983 年 9 月，引滦入津工程正式通水之际，举行了纪念碑揭幕仪式。

人们看到，浅灰色花岗岩碑柱上，立着洁白的雕像。杨溢说，母子雕像以象征性手法，表现生命之水、人民、子孙万代三层意思。年轻的母亲一手怀抱婴儿，一手承接甘露，意蕴丰富，引人遐想。

碑座面向子牙河和南运河的两侧花岗岩石上，分别刻着邓小平 1986 年 8 月 20 日亲笔题写的 9 个大字：

引滦入津工程纪念碑

1986 年 8 月 20 日，邓小平在视察天津期间，得知引滦入津工程已经三周年，遂欣然命笔题字，九个遒劲有力的大字便一挥而就。

在碑的背后，离碑座 10 多步远的半圆形水泥围墙上，嵌有碑文，记载着党中央、国务院对天津人民的关怀和引滦入津建设者的丰功伟绩。

在引滦入津工程中，中国人民解放军铁道兵部队和天津驻军部队，承建了最艰险的开凿隧洞任务，为天津人民建立了功绩，开创了我国开凿输水隧洞的奇迹。水渠沿线的河北省和天津市人民乃至全国人民都作出了重大贡献。

另外，在引水渠道的起点迁西县大黑汀水库引滦枢纽闸一侧的景忠山下，也竖立了一座丰碑。

此碑于 1983 年 9 月 12 日落成揭幕。碑身高 3 米多，用汉白玉大理石雕成，周围环绕着青松翠柏。

碑正面刻着：

为引滦入津工程而献出宝贵生命的同志永垂不朽。

碑背面记载着 21 位牺牲者的姓名。他们包括解放军战士、工人、农民和技术人员。

1982 年初，第 9 号洞口，战士们刚刚下去 10 多米，支洞口突然塌方。

当时正在施工的 17 个战士，没有一个人后退一步，这边一边塞着木头，那边石头哗哗地往下塌，有些小的石头透过钢支架就掉下来了，砸在身上、砸在肩膀上，好多战士都挂着花，流着血，但仍不下火线抓紧抢险，因为这个洞一旦塌了，整个工程就全完了。

1983 年 9 月 11 日，引滦工程竣工通水仪式上的声音，有人已无法听到了。

为了打通这条约 12.4 公里长的引水隧洞，19 名解放军战士和民工献出了自己宝贵的生命，他们之中最大的 34 岁，最小的只有 17 岁。

唐喜良就是其中的一名战士。他是铁道兵某部的一位副排长，当时正带领 11 名战士在隧洞里施工。

唐喜良生前的战友何明回忆起当时的情况，说："当时发生了一次特大的塌方，把他们 11 个人全部都压在了这个碎石里面去了。当时唐喜良醒过来的时候，他的两条腿被一块巨大的石头压在了下面，当时他的腿已经断了，这时塌方继续在塌，里面还围着两个战士，这个时候别的同志说赶快撤离，他说不行，我们的战友还没出来，要继续抢救。"

何明接着说："直到战友们全部被救出来以后，唐喜良才被送往医院，两个月后他的伤还没好就回到了工地。再过几天就是春节了，家里来信说，乡亲们给他介绍了一个对象，领导特意安排他回家定亲，他却说，'再坚持干两天，我再回去。'然而就在之后的一次施工中，隧洞里又发生了一次大塌方，一块巨大的石头砸到了唐喜良的头上……带着没有痊愈的伤口、怀揣着一张准备第二天返回家乡的车票，唐喜良永远倒在了隧洞里……"

唐喜良牺牲的9号隧洞，正好处在大的断裂带上，是塌方频发区，很多战士都牺牲在这里，引滦烈士纪念碑正是为他们而修建的。

时任副师长的左尔文回忆说：

战士的生命，换来的是天津人民的幸福，他们虽死犹生。

左尔文还回忆说：

咱当兵的不知啥叫苦，和平年代也要发扬战斗精神！尽管我一辈子身经百战，但最大的成就感却来自引滦入津工程，所以再苦也不觉得苦，当年战场上，子弹就贴着我脸蛋子嗖嗖飞过，我也没服过软，没害怕。整个施工过程，我一直用战争年代的战斗精神来约束自己和全体官兵。

左尔文后来还说：

　　我这辈子最大的荣耀，就是帮助天津老百姓做了一件实事。

后来，"引滦入津工程设计与施工新技术"获得国家科学技术进步一等奖。

1983年8月27日，李瑞环接受新华社记者采访时说："引滦入津工程洞成水通，解放军起了决定性作用。"

本书主要参考资料

《国史全鉴》 本书编委会编 团结出版社

《共和国五十年珍贵档案》 中央档案馆编 中国档案出版社

《共和国要事珍闻》 郑毅 李冬梅 李梦主编 吉林文史出版社

《引滦纪事》 解放军00619部队政治部编 水利水电出版社

《挥师引滦》 阎吾 沈清涧著 天津人民出版社

《地球上留下的痕迹》 朱振声 冉淮舟著 天津人民出版社

《水之缘》 刘逸荣主编 中国水利水电出版社

《引滦入津工程志》 天津市水利局水利志编纂委员会主编 天津科学技术出版社

《纪念引滦入津通水20周年》 陈振飞主编 天津人民美术出版社

《铁道兵回忆史料》 中国人民解放军历史资料丛书编审 解放军出版社

《引滦诗选》 中国人民解放军北京军区政治部编 百花文艺出版社